SUITE NOIRE
DistelLiteraturVerlag

Colin Thibert (geb. 1951) ist Kunstmaler, Pressezeichner, Cartoonist, Autor von Hörspielen, Drehbuchautor und Schriftsteller. Er kam 2001 mit «Noël au balcon» zur *Série Noire*. Seine Geschichten, schwarz, in die Zukunft schauend und alles in allem pessimistisch, stellen naive, kleine oder manipulierte Leute dem Zynismus der Mächtigen gegenüber. Als perfekter Konstrukteur von Intrigen mischt er erzählerische Kälte mit einer Distanz zum Handlungsgeschehen, mit einem Humor, ja sogar mit einer Absurdität, die oft an Donald Westlake erinnert.

Colin Thibert
Nächste Ausfahrt Mord

Aus dem Französischen von
Katarina Grän

DistelLiteraturVerlag

«Nächste Ausfahrt Mord» ist in der Reihe SUITE NOIRE,
herausgegeben von JEAN-BERNARD POUY,
bei Éditions La Branche (Paris) unter dem Titel
«Vitrage à la corde»
erschienen und ist eine Hommage an: «Virage à la corde»
(«Turn Left for Murder», 1955) von Stephen Marlowe
(Série noire Nr. 276, 1955, Éditions Gallimard).
Das Buch wurde verfilmt von Laurent Bouhnik, produziert von
AGORA FILMS (Paris) für FRANCE 2 und ARTE.

Ouvrage publié avec le concours du
Ministère français de la culture –
Centre national du livre

Dieses Buch erscheint mit Hilfe des
französischen Kultusministeriums –
Centre national du livre

Deutsche Erstausgabe

Umschlagentwurf: Jürgen Knauer, Heilbronn
Photos: © AGORA FILMS, Paris
Druck und Bindung: Druckerei Steinmeier GmbH, Nördlingen
ISBN 978-3-942136-00-6

Vierhundertfünfzig PS. Vierradantrieb. V8-Turbo-Motor.

270 auf dem Tacho. Ein unbändiges Tier von mehr als zwei Tonnen, das in 5,6 Sekunden auf hundert Stundenkilometer beschleunigt. Ein Monstrum! Ein Porsche namens Cayenne! Wie das ehemalige Straflager. Heute erkenne ich in diesem Namen ein unheilvolles Omen. Es ist nicht schwierig, im Nachhinein Prophet zu sein. Aber an dem Tag, an dem ich dieses Wunderwerk gekauft habe, hab ich mich gefreut wie ein kleines Kind, trotz der hübschen Anzahlung und der folgenden 36-Monate-Ratenzahlung.

Diesen Wagen habe ich mir verdient. Er war der Lohn für sechs Jahre unermüdlicher Anstrengungen. Das Symbol meines beruflichen und sozialen Erfolgs. Ein fantastisches Spielzeug, das ich lange im Schaufenster des Vertragshändlers und auf den Seiten der Fachzeitschriften begehrt hatte.

Endlich gehörte er mir!

*

Ich arbeite in der Doppelverglasung. In der Modernisierung von Fenstern, um genau zu sein. PVC-Fensterrahmen nach Ihren Maßen. Edelstahlverstärkung, wärme- und schallisolierende Verglasungen der Spitzenqualität! Mit allen nur erdenklichen Zertifikaten. Wir garantieren den Einbau in die alten Fenstereinfassungen an nur einem Tag. Seit kurzem mache ich auch Roll-Läden, Garagentüren und Schwimmbad-Umzäunungen. Sorgfältig unter unserer Regie eingebaut. Nach europäischen Normen. Man muss täglich ein Stück vom Marktkuchen ergattern...

Das ist ein einträgliches Geschäft, aber der Markt ist ziemlich überlaufen. Man muss kämpfen, die Ellenbogen einsetzen, alles geben, und man darf nie den Mut verlieren. Nie!

18-Stunden-Tage, an denen ich mich herumgeschlagen habe. Um Absagen zu bekommen. Und noch mal Absagen! Und zudem nicht immer freundliche.

Im Sommer wie im Winter auf der Straße, um Kilometer und fettes Essen zu fressen, um sich Erkältungen und Hämorrhoiden zu holen. Und, glauben Sie mir, das nicht am Steuer eines Porsche Cayenne …

Mein Bereich waren die Kuhbauern. Die, die dich von weitem und aus den Augenwinkeln kommen sehen, die Füße in der Jauche und die Gitane im Mund. Schlaumeier, harte Nüsse, mit allen Wassern Gewaschene. Perverse, wenn ich so sagen darf! Ich packte meine Muster und Kataloge auf dem Wachstuch in der Küche aus, ich verzapfte meinen Schmus. Sie ließen mich kommen, wie man einen Fisch kommen lässt, freundlich, ohne sich zu rühren. Sie hörten mir mit Interesse zu, wenn ich meinen Plunder anpries; sie befanden kennerisch über die Darbietung. Auf dem Land ist jede Abwechslung willkommen. Wenn ich erschöpft und am Ende meiner Argumente war, fiel die Antwort wie der Kuhfladen aus dem Arsch der Kuh: «Das ist ja alles schön und gut, Ihre schönen Fenster und alles, aber unsereins hat kein Geld!»

Kein Geld, was du nicht sagst! Ich konnte die wollenen Sparstrümpfe in den Schränken, die Schatzbriefe in der Kommodenschublade, die Goldbarren unterm Bett und das Sparbuch der «Caisse d'Épargne», das seit drei Generationen anwuchs, förmlich riechen. Ganz zu schweigen vom Grundstücks- und Immobilienpreis, der unaufhörlich steigt. Kein Geld? Arschlöcher!

Schließlich habe ich begriffen, was sich bei den Kuhbauern bezahlt machte: Hartnäckigkeit und

Sturheit. Ganz normal. Diese Leute können Stunden damit verbringen, zuzusehen, wie ihre Ernte wächst. Sie leben im Rhythmus der Natur, und die Natur hat es niemals eilig. Also habe ich mich angepasst. Ich habe dazugelernt. Ich habe mir Zeit genommen. Ich bin immer wieder aufgetaucht, hartnäckig, ohne mich aufzuregen; und ich habe ihren Widerstand gebrochen, so sicher, wie die Gezeiten die Klippe auswaschen.

So gewinnt man sie. Die ständige Mühsal kennen sie. Das kann man ihnen nicht absprechen. Wenn sie also sehen, dass du dich auch ordentlich abrackerst, erkennen sie das an. Danach bist du ihr Kumpel. Sie holen den Schnaps schon hervor, wenn sie nur das Geräusch deines herannahenden Wagens hören.

Sechs Jahre habe ich gebraucht, um Fuß zu fassen. Valérie konnte es nicht mehr mit ansehen, wie ich von montags bis sonnabends im Morgengrauen aufbrach, um spät nachts heimzukehren und sonntags den wöchentlichen Papierkram zu erledigen.

Auch in Bezug auf die Serviererinnen in den Restaurants für Fernfahrer, die einen zweifelhaften Ruf genießen, hatte Valérie so ihre Vorstellungen. All die Frauen, denen ich auf meinen Wegen auf abgelegenen Höfen begegnete, beunruhigten sie ebenfalls. Ich sag ja nicht, dass ich nicht ein oder zwei Mal… Aber «Die Brücken am

Fluss»[1] lief nicht jeden Tag ab, das kann ich Ihnen versichern.

Ich war wie in Rage. Wollte unbedingt Erfolg haben, Chef werden. Nicht wie ein Herdenmensch leben, wie mein Dummkopf von Vater, der sein ganzes Leben lang Befehle erhalten hat, bevor er gnadenlos von seiner Firma vor die Tür gesetzt wurde. Valérie konnte das nur schwer verstehen. Sie war mit dem Silberlöffel im Mund geboren worden, viel fehlte jedenfalls nicht, sie neigte dazu, zu glauben, dass das Moos von ganz allein wuchs. Was für Klagen und Vorwürfe habe ich nicht alles gehört! Ganz zu schweigen von den Drohungen: «Wenn das so weiter geht, verlasse ich dich, Gabriel!» – und idiotischen Vorschlägen: «Warum fahren wir beide nicht mal ein Wochenende weg?», «Wann nimmst du Urlaub?» Ich habe nicht nachgegeben.

Heute hat Valérie ein großes Haus mit Whirlpool, die zwei Jungen, die sie wollte, massenhaft Elektrogeräte und ihren eigenen Wagen. Einen hervorragenden Gebrauchtwagen, den ich für sie aufgetrieben habe, einen Nissan Micra, ideal, um die Kinder zum Ponyreiten zu bringen und im Supermarkt einzukaufen.

Valérie…

Alle Jungs aus dem Viertel wollten sie, ich habe

---

1 *The Bridges of Madison County:* US-amerikanischer dramatischer Liebesfilm (1995) von Clint Eastwood *(Anm. d. Übers.).*

sie bekommen. Letztendlich ist es wie mit den Fenstern: meine Hartnäckigkeit und Sturheit haben sich bezahlt gemacht. Plus zwei oder drei Prügeleien, von denen ich meinen schiefen Zinken habe. Von nichts kommt nichts.

Zugegeben, anfangs hatte ich ihr nicht viel zu bieten. Ich bin ein Jahr vor dem Abi von der Schule abgegangen. Ich war auf der Suche nach mir selbst, wie man so sagt. Ich habe mich auf dem Immobilienmarkt versucht, schwarz in einer Fahrschule malocht, an einer Tankstelle, und ich war so was wie Schlagzeuger in einer Rockgruppe, die zwei Saisons durchgehalten hat. Alles nur vorübergehend. Valéries Vater hielt mich für einen Gammler, einen Taugenichts. «Wann entschließt er sich endlich, einen richtigen Beruf auszuüben!», sagte er immer wieder. Er hatte ja recht.

Auf das Ding mit der Renovierung von Fenstern bin ich zufällig in den Kleinanzeigen gestoßen: «Sie sind jung, dynamisch? Verkaufs-Strategie interessiert Sie? Kommen Sie in unser Team!»

Der Sitz der Gesellschaft ist in Lyon, die Fabrik in Bellegarde, die Ausbildung in Bourg-en-Bresse. Wir sind in fünf Departments vertreten. Damals, als ich angefangen habe, schickte man die Neuen nach vierzehn Tagen Ausbildung gleich an die Front, am Steuer stotternder Wagen in den Firmenfarben. Ein miserables Festgehalt, alles übrige auf Kommission. Da war nichts rauszuholen! Die Spesenrechnungen messerscharf geprüft von der Buchhalterin, einer alten Kuh, der man nichts vormachen konnte. Im ersten Jahr haben zwei Drittel aus dem Team nach drei Monaten aufgegeben. Vor allem die Frauen. Auf der Straße leben, in schmutzigen Spelunken futtern, Klinken putzen, sich öfter den Hintern begrapschen lassen, als ihnen lieb war, das ertrugen sie nicht. Ich bin drangeblieben. Und da niemand in die tiefste Provinz gehen wollte, habe ich mir das Gebiet unter den Nagel gerissen.

Heute bin ich Leiter für dieses Gebiet und verantwortlich für die Ausbildung. Mit anderen Worten, ich bewege meinen Arsch praktisch nicht mehr von meinem Sessel, außer hin und wieder, um die Moral der Truppen aufzumöbeln. Die Jungen nennen mich «Monsieur», das gefällt mir. Ich nenne sie beim Vornamen, und ich spare nicht mit Ratschlägen. Sie wissen, dass ich jahrelang vor Ort gewesen bin, und dafür respektieren sie mich. Sie mögen auch meinen Stil und meine Anekdoten über die Kuhbauern. Ich habe ganze Waggons voll davon, die ich üblicherweise am Abschlussabend eines Lehrgangs zum Besten gebe. Eine meiner Lieblingsgeschichten ist die von den drei Riesen:

«Eines Tages komme ich in der Region Bugey

auf einen Hof, Kinder, eine wahre Räuberhöhle! Eine große, finstere Baracke, verschimmelt, wackelig, unten in einem kleinen Tal eingequetscht. Ach, was sag ich, kleines Tal... Eine richtige Depression, im wahrsten Sinne des Wortes!... Eine Schlucht, ein feuchter und dunkler Graben, in den die Sonne sicher nur an Sommersonntagen dringt... Von innen, ich kann euch sagen! Ganze Schichten von Jahre altem Dreck! Da hätte man nicht mit dem Staubsauger durchgehen müssen, sondern mit dem Schaber! Oder mit dem Flammenwerfer! Als ich eintrete, bemerke ich sofort, dass kein Fernseher da ist. Das ist schlecht! Apropos, kann mir jemand sagen, warum?»

«Leute, die keinen Fernseher besitzen, sind von vornherein gegen den Fortschritt, und somit gegen PVC-Fenster! Und wenn sie je ihren Fernseher zum Pfandleiher gebracht haben, werden sie sich kaum neue Fenster leisten!»

«Gut erkannt, Bérangère!»

Die Freude des Ausbilders sind die neuen Kursteilnehmerinnen. Es sind immer zwei oder drei zum Bumsen dabei. Bérangère ist so eine. Sie ist eine große, blonde junge Frau, gesund und kräftig gebaut, mit einem strahlenden Lächeln um den Mund, um das Leben in vollen Zügen zu vernaschen.

«Den Schwanz zu vernaschen», würde Roland sagen.

Roland ist mein bester Kumpel. Wir haben zusammen in dem Geschäft angefangen, aber er ist nicht geblieben. Er hat sich eine stinkreiche Tussi geangelt und sich in Mâcon niedergelassen, wo er bei seinem Schwiegervater ins Weingeschäft eingestiegen ist. Er fährt einen BMW X5. Schicke Kiste. Aber eine Stufe unter dem Cayenne, wenn Sie mich fragen.

Um auf Bérangère zurückzukommen, ehrlich gesagt, ich glaube, dass ich bei ihr gut ankomme. Das ist eine junge ehrgeizige Frau. Sie weiß, dass ich viel für ihre Karriere tun kann, sie dürfte sich nicht besonders zieren.

Sie wohnt in einem Festpreis-Hotel am Stadtrand. Ich werde es so einrichten, dass ich sie heimbringe. Bei dem, was wir getrunken haben und dem 4x4, der seine Wirkung sicher nicht verfehlt, müsste sie fallen wie eine reife Frucht. Ich fahre mit meiner Geschichte fort:

«In Wirklichkeit ist der einzige Grund, warum diese Leute keinen Fernseher hatten, dass sie an ihrem Standort eine zwanzig Meter lange Antenne gebraucht hätten, um überhaupt irgendetwas zu empfangen! Die Moral von der Geschichte: nimm dich vor voreiligen Schlüssen in Acht… In der Küche steht eine Alte, die das Gemüse für die Suppe putzt. Ich beginne, ihr meinen kleinen Schmus aufzutischen, und sie sagt: ‹Rühren Sie sich nicht von der Stelle! Ich rufe die Jungs!› Die Jungs entpuppen sich als drei Riesen! Ich mache Ihnen nichts vor! Hab noch nie so gewaltige Kerle gesehen! Ganz Arme, Schenkel, Rumpf, mit Flossen, so groß wie eine Hinterkeule. Und dazu bärtig wie Propheten! Abweisend, kann ich euch sagen! Sie setzen sich alle drei um den Tisch. Wortlos. Ihr kennt mich, ich bin nicht gerade ein Hosenscheißer, aber da bekomme ich ernsthaft Bammel! Gut. Ich serviere ihnen trotzdem meine Leier über Luftzüge, ich betone die Energieeinsparung und die außergewöhnliche Langlebigkeit des Materials. Das Ganze staatlich geprüft. Keine Reaktion. Der totale Reinfall! Steinerne Gesichter. Ich frage mich sogar, ob sie überhaupt verstehen, was ich erzähle. Vielleicht sprechen sie unter sich einen Dialekt der Riesen? Oder aber sie sind schwachsinnig. In diesen abgelegenen Gegenden fehlt es nicht an Kretins, wegen der Ehen zwischen Blutsverwandten. Ich beginne schweigend, meine Muster wieder einzupacken, und ihr könnt mir ruhig glauben, dass ich Muffensausen habe. Alte Märchen fielen mir wieder ein: à la verirrter Reisender zerstückelt und für den Winter eingesalzen… Ich erreiche die Tür und rufe: ‹Auf Wiedersehen, *M'sieurs-dames*!› Ich rechne mehr oder weniger damit, einen Axthieb zwischen die Schulterblätter zu bekommen, als einer der Riesen sagt: ‹Wann können Sie Ihre Fenster einbauen?› Ich drehe mich um, glaube an einen Scherz, obwohl Scherze nicht wirklich Stil des Hauses zu sein scheinen. Der Bärtigste der Bande wiederholt: ‹Also? Wann?› ‹Sind Sie wirklich interessiert?›, frage ich. ‹Und ob wir interessiert sind! Seit Jahren beklagt unsere arme *Maman* sich über den Luftzug, und außer Scheuerlappen oder alte Zeitungen unter die Türen zu stopfen, wussten wir nicht recht, was wir tun sollten…› Sie haben die dreißig Prozent Anzahlung bar bezahlt, ohne Wenn und Aber. Das einfachste Verkaufsgeschäft, das ich je unterschrieben habe! Was besagt, Kinder, dass man sich niemals, ich betone, niemals auf die Visage des Kunden verlassen soll!»

Die Geschichte ruft Lachen, Glucksen und Bravorufe hervor. Wir sind alle ein wenig beschwipst. Der Champagner in Plastikbechern fließt in Strömen. Er ist sauer. Es ist auch Kir da, ein schlechter Whisky und jede Menge Bier. Ich trinke einen Becher Whisky, um mir den Mund nach dem Champagner zu spülen, und ein Bier, um den Whiskygeschmack zu vertreiben. Ich schiele aus dem Augenwinkel nach Bérangère. Sie lacht in einer Ecke mit drei jungen Kursteilnehmerinnen. Geduld, meine Schäfchen! Der alte Fuchs kennt die verschiedensten Kniffe und hat große Lust auf eine schnelle Nummer. Jemand spricht einen Toast auf mich aus. Es gibt Hip, Hip, Hip und Hurras. Ich hebe meinerseits mein Glas auf den

Erfolg des neuen Jahrgangs. Und so weiter. *Ad lib*, was laut Roland lateinisch ist für: Trinkgelage bis man unterm Tisch landet! Ein Karaokewettbewerb wird organisiert. Ich gehe auf Bérangère zu.

«Hättest du nicht Lust, ein letztes Glas zu trinken ... woanders?»

«Finden Sie nicht, dass wir genug getrunken haben?»

«So meine ich das nicht. Nichts hält dich davon ab, einen Kamillentee zu trinken!»

Sie lacht. Im Gegensatz zu Valérie ist sie ein Mädchen, dem das Lachen nicht schwerfällt. Ich bitte sie, im Eingang auf mich zu warten unter dem Vorwand, dass ich noch ein Wort mit Jeff, meinem Assistenten, zu reden habe. Tatsächlich möchte ich lieber nicht dabei gesehen werden, wie ich mit einer Kursteilnehmerin fortgehe. Tratsch verbreitet sich in Bourg-en-Bresse wie ein Lauffeuer.

Draußen ist pechschwarze Nacht. Regenböen fegen über den Parkplatz. Im Bett sind wir besser aufgehoben! Ich strecke meine Fernbedienung vor: der Cayenne leuchtet auf und blinkt mit sämtlichen Lichtern, um uns willkommen zu heißen.

«Wow!», ruft Bérangère. «Das ist vielleicht ein Schlitten!»

Was habe ich Ihnen gesagt! Erfolg garantiert.

Mit anderen Worten, der Porsche hat's in sich! Galant helfe ich der jungen Dame beim Einsteigen. Sie hat wirklich einen prachtvollen Hintern. Offensichtlich gefallen ihr der Komfort des Wagens und der berauschende Duft nach neuem Leder. Ich setze mich ans Steuer, stelle die Klimaanlage auf 25°C und lasse meine vierhundertfünfzig Pferdestärken aufheulen. Beeindruckend. Es läuft mir jedes Mal kalt den Rücken hinunter. Bérangère auch, hoffe ich. Der dicke Schlitten schießt vorwärts.

«Machen Sie das Licht nicht an?», fragt sie.

«Doch, natürlich.»

Der Parkplatz ist so hell erleuchtet, dass ich nichts gemerkt hatte. Ich bin eindeutig besoffener, als ich dachte. Bérangère schnallt sich ostentativ an. Vielleicht hat sie Angst im Auto? Vielleicht misstraut sie meinem Fahrstil? Oder vielleicht hält sie sich auch einfach nur an die Vorschriften? Ich tue es ihr nach, um sie nicht zu verärgern.

«Wo führen Sie mich hin?»

«In die einzige Bar in der Gegend, in die wir gehen können… die in deinem Zimmer.»

Das ist ganz von allein rausgerutscht. Bérangère wirft mir einen seltsamen Blick zu und stößt ein kehliges Lachen hervor, von dem ich fast einen Ständer bekomme. Gewonnen! Es regnet wahrlich sintflutartig. Obwohl ich mich an die Höchstgeschwindigkeit halte, kommen meine Scheibenwischer kaum gegen so einen Regen an. Man kann keine zehn Meter weit sehen.

«Was für ein Wetter!»

Bérangère nickt. In der Luxus-Fahrgastzelle des Cayenne fühlen wir uns angenehm geborgen.

«Möchtest du Radio hören? Eine CD?»

«Nein, danke. Nach dem ganzen Krach eben, wird uns ein wenig Stille gut tun…»

«Das stimmt.»

«Wir haben eine ganze Menge gebechert, nicht?»

«Ganz schön, ja. Das ist immer so, beim Abschluss eines Lehrgangs…»

Plötzlich kommt mir ein schrecklicher Gedanke: wenn sie nur den Alkohol bei sich behält, wenn sie nur nicht in meinen Wagen kotzt!

«Ähm… ist die Temperatur gut so? Ich kann Frischluft reinlassen, wenn du willst…»

«Nein, nein. Das ist perfekt so, danke.»

Ich mustere verstohlen ihr Profil im Licht des Armaturenbretts: die weiche Kurve ihrer Wange, ihr kleines Ohr, in dem ein Diamant steckt, die flaumigen Haare im Nacken. Zum Vernaschen! Ich bin gerade im Begriff, die rechte Hand auf ihren Oberschenkel zu legen, als ich ein Stück weiter vorn auf der Straße Warnblinklichter und blinkendes Blaulicht wahrnehme. Ein Unfall wahrscheinlich. Die Straße ist rutschig, und die Leute sind unvorsichtig. Und wenn es eine Polizeikontrolle war?! Davon stellen sie immer mehr auf, die Arschlöcher. Wenn ich nach dem, was ich geschluckt habe, ins Röhrchen pusten muss, kann ich mich erst mal von meinem Führerschein verabschieden!

Glücklicherweise fahre ich seit Jahren in dieser Gegend herum, ich kenne jeden Winkel. Nach hundert Metern zweigt rechts eine unauffällige Departmentsstraße ab, die uns nach fünfzehn Kilometern über das Dorf Mazerolles zu Bérangères Hotel bringen würde. Fast kein Umweg.

Das ist eine hübsche kleine Straße, die in Serpentinen durch eine bewaldete Fläche, genannt «*Les Bois de Léchaire*» führt. Alle Pilzfreunde kennen sie. Zu dieser Jahreszeit und bei diesem Wetter riskieren wir keine unerwünschten Begegnungen. Als ich von der Nationalstraße abbiege, sage ich zu meiner Beifahrerin:

«Nur keine Angst! Ich komm dir nicht mit dem Trick mit der Panne! Das ist nur eine Abkürzung!»

Sie antwortet nicht. Eingelullt durch die Wärme in dem Wagen, die weichen Sitze, das feine Summen des Achtzylinders und der Scheibenwischer ist Bérangère eingeschlafen.

Ich war diese Straße noch nie bei Nacht gefahren. Die Atmosphäre ist offen gestanden beklemmend: einige Bäume, im Regen glänzend, sind unheimlich schwarz. Andere, gespenstisch weiß, scheinen mit ihren nackten und dürren Ästen eine unsichtbare Gottheit anzuflehen.

Es ist eine Freude, den 4x4 in diesen engen Kurven zu fahren. Er haftet buchstäblich auf dem Asphalt, ohne zu holpern, ganz geschmeidig. Eine perfekte Fahrdynamikregelung. Danke, ESP! Da Bérangère tief zu schlafen scheint, nutze ich die Gelegenheit, um Gas zu geben, die ganze Kraft aus dem Ungetüm rauszuholen …

Plötzlich, als ich aus einer rechtwinkligen Kurve herauskomme, lande ich buchstäblich am Arsch einer Kiste, einer ganz kleinen, stotternden und schlecht beleuchteten. Wenn ich auf einer so nassen Straße zu scharf bremse, würden wir im Graben landen. Ich schalte kräftig runter, ohne jedoch verhindern zu können, dass der Cayenne mit der Schnauze auf das andere Fahrzeug prallt. Im Innern des 4x4 ist der Stoß kaum zu spüren, aber der winzige Wagen wird nach vorn katapultiert, kommt von der Fahrbahn ab und stürzt mit einem scheußlichen Krach von zersplitterndem Blech und Glas in den Graben.

Scheiße, Scheiße und noch mal Scheiße!

Während ich den Cayenne auf dem Seitenstreifen anhalte, werfe ich einen Blick auf meine Beifahrerin: so unglaublich das erscheinen mag, sie schläft immer noch! Umso besser. Unter so dramatischen Umständen regen manche Nanas sich leicht fürchterlich auf, und ich kann keine hysterische Frau an meiner Seite gebrauchen. Ich lasse die Scheinwerfer an, stelle den Motor aus und nehme die große Taschenlampe, die ich immer im Handschuhfach liegen habe; eine Angewohnheit die ich aus meinen Jahren der Vertreterbesuche beibehalten habe, als ich mich nicht selten in völliger Dunkelheit vorantasten musste, bis ich das Hauptgebäude des Bauernhofs erreichte.

Ich laufe im Platzregen zu der Stelle, wo ich den kleinen Wagen verschwinden sehen habe. Das Gebüsch ist ganz schön ramponiert, der Wagen auch. Es ist ein Fiat Panda; er steckt im Graben im Schlamm, fast senkrecht. Mein Gott! Die müssen da drinnen zerquetscht worden sein! Etwas tropft regelmäßig. Bestimmt der kaputte Tank, es scheint mir nach Benzin zu riechen. Von beginnender Übelkeit erfasst, richte ich den Lichtkegel der Taschenlampe auf den Beifahrersitz: niemand. Das ist immerhin etwas. Ich gehe auf die andere Seite, um den Fahrer anzuleuchten. Soweit ich erkennen kann, ist es eine Fahrerin. Jung. Auf das Lenkrad gesunken. Lange Haare und Blut im Gesicht. Viel Blut. Ich bekomme plötzlich weiche Knie, ich muss mich einen Moment hinhocken, aus Angst umzukippen.

Ich muss in diesen Graben steigen, muss sehen, ob ich etwas für diese Frau tun kann. Vielleicht sie einfach da rausziehen für den Fall, dass der

Wagen in Flammen aufgeht. Nein. Dann würde er bereits brennen. Hilfe rufen. Das ist für den Augenblick das einzig Vernünftige. Mein Handy liegt noch im Cayenne. Ich bin im Begriff, zurückzukehren und es zu holen, als mir klar wird, dass ich mich mit dem Unfall verdammt in die Scheiße geritten habe! Ich fühle mich nicht im eigentlichen Sinne des Wortes verantwortlich: der Panda fuhr mitten auf der Straße, er fuhr zu langsam, seine Standlichter waren kaum zu erkennen und die Sicht gleich null. Aber Sie kennen die Flics: sie werden sagen, dass ich zu schnell gefahren bin, was stimmt, und dass ich getrunken habe, was auch stimmt. Und da beginnt der Alptraum: Führerscheinentzug, Gericht, Geldstrafe, und, warum nicht, Gefängnis mit Bewährung! Eine Schande. Das sichere Ende meiner Karriere. Ich richte den Lichtkegel der Taschenlampe erneut auf die Fahrerin des Panda. Sie hat sich nicht gerührt. Mehr schwarz als rot zeichnet sich das Blut auf ihrem Gesicht ab: eine schreckliche Maske. Ihr Blick ist starr. Nach so einem Aufprall muss sie einfach tot sein. Rein technisch macht das aus mir einen Mörder.

Einen Mörder, verdammt!

Gerade begann in meinem Leben alles wie geschmiert zu laufen, und dann muss sich mir eine blöde Kuh mit ihrem kümmerlichen Panda quer in den Weg stellen! Ich kann die Leute von hier schon hören! Ich bin der Typ mit dem dicken 4x4, ich habe natürlich Schuld, ich bin ein Arschloch! Ich habe beobachten können, dass die schönen Wagen, die teuren Wagen wie meiner, feindliche Reaktionen hervorrufen, weil alle davon träumen, sich so einen zu leisten, und nur sehr wenige die Mittel dafür haben. Wenn sich daher die Gelegenheit bietet, den Reichen zu lynchen, der einen Cayenne fährt, lassen sie sich das nicht nehmen!

Vor allem muss ich zu der Fahrerin des Panda hinabsteigen, um mich zu vergewissern, dass sie auch wirklich tot ist; weil man mich andernfalls auch noch der unterlassenen Hilfeleistung bei einer Person, die in Gefahr ist, beschuldigen wird, das muss ja so kommen! Aber meine Füße sind wie am Boden festgenagelt. Der Regen läuft mir in den Kragen, in die Augen. Ich denke angestrengt nach. Und mir schwant eine Lösung... Noch kann ich mich unauffällig aus dieser Scheiße ziehen, unter drei Voraussetzungen: dass in den nächsten Minuten niemand vorbeikommt, dass der Cayenne nicht zu stark beschädigt ist, und dass Bérangère immer noch schläft. Wegen der ersten muss ich auf mein Glück vertrauen. Wegen den beiden anderen muss ich unbedingt nachsehen. Ich gehe zu meinem Wagen zurück, dessen starke Scheinwerfer die ganze Straße und das Unterholz in grelles Licht tauchen wie Kinoprojektoren. In ihrem doppelten Strahl glitzern

Millionen feine Tröpfchen. Als ich den glänzenden Asphalt untersuche, bemerke ich keine Scherben; das ist immerhin etwas. Man sagt, dass der Polizei heute eine Glasscherbe genügt, um eine Automarke zu identifizieren…

Ich nähere mich auf Zehenspitzen dem Cayenne: Bérangère schläft immer noch! Diese junge Frau ist phantastisch! Strotzend vor Gesundheit! Ich untersuche die vordere Stoßstange des Wagens Zentimeter für Zentimeter im Schein der Taschenlampe: keine Spur, keine Beule, kein Kratzer, nichts! Die deutsche Wertarbeit ist eben doch kein Märchen! Na also. Alles geritzt. Mir bleibt nur noch, unauffällig zurückzufahren. Selbst wenn die Flics herausfinden, dass der Panda von einem anderen Fahrzeug in den Graben gestoßen worden ist, wird es ihnen unmöglich sein, zu beweisen, dass es meiner war! Außerdem war ich ja gar nicht auf dieser Straße! Was das betrifft, muss ich mir ein kleines Alibi zurechtlegen. Bérangères bleierner Schlaf und ihre Unkenntnis der Gegend werden mir nützen. Wenn ich ihr zum Beispiel sage, dass wir die Nationalstraße 27 genommen haben, wird sie keinen Grund haben, daran zu zweifeln.

Als ich gerade im Begriff bin, geschmeidig wieder in den 4x4 zu steigen, lässt mich ein Geräusch zusammenfahren. Fast wie?… Ja, wie das Weinen eines Babys. Absurd! Das ist ein Vogel, irgendein

Nachtraubvogel. *Les Bois de Léchaire* bieten einer verschiedenartigen Fauna Schutz: Iltissen, Wieseln, Waldkäuzen und verwilderten Katzen. Ganz zu schweigen von den Wildschweinen.

Gegen meinen Willen spitze ich die Ohren. Dieses Mal ist jeder Zweifel ausgeschlossen: da weint wirklich ein Baby! Der Ausdruck ist zwar abgedroschen, aber ich habe wirklich das Gefühl, dass mir das Blut in den Adern stockt.

In dem Unfall-Panda befindet sich ein Baby!

Das hatte gerade noch gefehlt! Gerade, als alles auf dem besten Weg war, sich einzurenken. Ich kann es doch nicht einfach hier im Stich lassen, oder?...

Da habe ich eine kurze Vision, eine melodramatische Szene: ich sehe mich die Haustür aufstoßen. Dort ist es warm, und meine Doppelverglasung der Spitzenqualität dämpft das Tosen des Sturms, der draußen weiterhin wütet. Valérie kommt mir entgegen: sie ist im Nachthemd, mit offenen Haaren, glatt und schön wie am ersten Tag. Sie sagt:

«Du kommst ganz schön spät!»

«Es tut mir leid... Die Feier hat etwas länger gedauert...»

«Was hast du da im Arm?»

Ich antworte:

«Das ist ein Baby, das ich am Straßenrand gefunden habe.»

«Oh!», ruft sie. «Ist das aber süß!»

«Wenn du willst, mein Liebling, ziehen wir es auf wie unser eigenes!»

Zu Victor Hugos Zeiten, zur Not. Aber heutzutage ist das etwas schwieriger. Schade. Ich muss mir etwas anderes einfallen lassen.

Ich bin versucht, Bérangère zu wecken, sie um Hilfe zu bitten. Frauen wissen instinktiv mit Säuglingen umzugehen. Aber nein. Lieber nicht.

Absolut keine Lust dorthin zurückzugehen! Jeder Schritt in Richtung Graben kostet mich eine gewaltige Anstrengung. Das Baby weint immer noch, aber immer schwächer, scheint es. Vielleicht ist es auch verletzt, liegt in seinem Blut wie seine Mutter. Was mache ich damit? Mein Gott, was mache ich nur damit!

Ich leuchte hinten in den Panda und kann nichts sehen. Ein Baby ist so klein: vielleicht ist es unter den Sitz gerollt? Da fällt mir ein, dass man die Kleinen manchmal in einer Plastikschale auf dem Vordersitz unterbringt. Scheiße. Diesmal komme ich nicht umhin, in den Graben zu steigen. Es ist feucht, glitschig und es stinkt wirklich nach Benzin. Ich halte mich so gut ich kann an den tropfnassen Zweigen der Büsche fest. Das Kind hat aufgehört zu weinen. Es muss wieder eingeschlafen sein. Oder es hat aufgehört zu leben.

Ich zerre an der Tür; sie klemmt, das ist nicht

verwunderlich. Seltsamerweise ist die Windschutzscheibe nicht zersprungen. Ich muss eine Scheibe mit dem Fuß eintreten. Gar nicht so leicht. Als ich aushole, rutsche ich in dem Matsch aus und falle der Länge nach auf ein Bett aus faulen Blättern. Ekelhaft! Ich bin durchnässt, und ich habe meine Taschenlampe verloren, die auch noch ausgegangen ist.

Verdammte Scheiße!

Unten im Graben herrscht tiefe Dunkelheit, wie in einem Grab. Ich muss mich an dem Panda festklammern, um wieder hochzukommen. Erste Dringlichkeit: die Taschenlampe wiederfinden. Ich taste um mich herum in dem toten Laub und Schlamm – erfolglos. Ich muss ja schön aussehen! Und dann fällt mir plötzlich ein, dass ich ja ein Feuerzeug habe. Ich rauche schon seit Jahren nicht mehr, aber ich habe immer ein Feuerzeug dabei. Ein alter Vertretertrick: dem potentiellen Kunden Feuer geben können. Die kleine Aufmerksamkeit, die rührt und Vertrauen schafft. Zum Anbaggern ist es auch nicht schlecht. Das Feuerzeug liegt trocken in meiner rechten Hosentasche, unter dem Taschentuch. Aber als ich gerade am Rädchen drehen will, packt mich eine Sorge: und wenn die Benzindämpfe sich entzünden? Es wäre wirklich zu dumm, gegrillt in diesem stinkenden Graben zu enden.

Ich tunke mein Taschentuch ausgiebig in den

mit Treibstoff durchtränkten Schlamm, der auf dem Grund des Grabens steht. Von dem Geruch wird mir übel. Dann klettere ich wieder zur Straße hinauf, nicht ohne mir gründlich die Hände zu zerkratzen. Verdammtes Gestrüpp! Ich wage nicht, an den Zustand meines Anzugs zu denken. Als ich trockenen Fußes wieder auf der Straße stehe, ist das Dunkel weniger tief. Ich breche einen kleinen Zweig ab und wickele mein Taschentuch darum, um eine behelfsmäßige Fackel herzustellen, die ich mit meinem Feuerzeug anzünde. Sie brennt nicht besonders gut und gibt überhaupt kein Licht.

Eine Idee juckt mich: wenn der Panda abbrennen würde, würde das alles leichter machen. Ja, aber das Baby? ... Das Baby weint nicht mehr. Es ist kurz aufgewacht und seinen Verletzungen erlegen. Wie auch immer, wenn es überleben würde, wäre es zweifellos sein ganzes Leben behindert. Und auch noch Waise. In jedem Fall ein verpfuschtes Leben. Ich werfe meine improvisierte Fackel. Sie fällt zischend auf die Sohle des Grabens hinunter. Benzin brennt gar nicht so leicht, wie man glaubt. Vor allem in einer feuchten Umgebung.

Das habe ich jedoch zu früh gesagt: plötzlich züngeln blaue Flammen an der Motorhaube des Panda empor, kurze und schmiegsame Flammen, wie Teile von Bändern auf einem Geschenkpaket.

Und plötzlich fängt alles Feuer! Ich muss einen Satz nach hinten machen, um der Brandhitze zu entgehen, die mit einem Mal den ganzen Sauerstoff im Umkreis schluckt. Das Feuer nimmt eine schöne, hellgelbe Farbe an, das Karosserieblech verformt sich, der Lack löst sich in Windeseile, wie eine Haut. Einen Augenblick lang scheint es mir, als hörte ich die Schreie eines Babys, sähe seine kleinen Hände emporragen, sich in die Luft krallen wie die Fänge eines winzigen Vogels, aber nein, das ist meine Einbildung, die mir etwas vorgaukelt. Feuer begünstigt Halluzinationen.

Schon werden die Flammen schwächer. Der Panda ist nur noch ein schwarzes Wrack. Höchste Zeit zu verschwinden, bevor der Feuerschein noch jemanden herbeilockt. Ich mache auf dem Absatz kehrt, um zum Cayenne zurückzukehren, als ich Bérangère zwei Meter vor mir entdecke. Wie versteinert starrt sie mit weit aufgerissenen Augen auf das Flammenmeer.

«Das ist schrecklich!», sage ich. «Schrecklich! In dem Moment, als ich diesen armen Leuten zu Hilfe eilen wollte, ist alles in Flammen aufgegangen! Ich konnte nichts mehr tun! Du bist Zeuge!»

In dem Augenblick bin ich noch fast sicher, davonzukommen: ich bräuchte den Flics nur zu erzählen, dass ich einen verunglückten Wagen entdeckt habe, als ich um die Kurve gekommen bin.

Bérangère hat geschlafen. Ich habe sofort angehalten und bin hingegangen, um zu sehen, ob ich helfen konnte. Aber es war stockdunkel, ich bin auf dem toten Laub auf der Böschung ausgerutscht und in den Graben gefallen, wie man am Zustand meiner Kleidung erkennen kann. Der Panda ist ganz plötzlich in Flammen aufgegangen. Ich hatte wahnsinniges Glück, dass ich dabei nicht verbrannt bin.

«Sie haben eine brennende Fackel auf diesen Wagen geworfen!», erklärt Bérangère tonlos. «Ich habe Sie gesehen!»

«Eine Fackel. Gleich die großen Worte!»

«Ich habe Sie gesehen!»

«Aber nicht doch! Das ist ja lächerlich!»

Sie zittert, sie steht kurz vor einem Nervenzusammenbruch, und das gefällt mir überhaupt nicht. Was genau hat sie gesehen? Ich gehe einen Schritt auf sie zu. Sie schreit:

«Keinen Schritt näher!»

Scheiße. Das hatte gerade noch gefehlt. Ich werde sie überlisten müssen, oder diese dumme Gans bringt es fertig, den Gendarmen zu erzählen, dass ich den Panda absichtlich in Brand gesteckt habe.

«Bérangère! Hör mir zu!»

«Seien Sie still! Ich habe Sie gesehen! Sie sind ein Monster!»

«Bérangère, du glaubst gesehen zu haben, dass ich diese brennende Fackel geworfen habe, wie du sagst. Aber du hast dich getäuscht. Das hast du falsch gedeutet. Ich habe überhaupt nichts geworfen! Ich wollte in den Graben steigen, sehen, ob ich etwas tun konnte...»

Sie wiederholt stumpfsinnig:

«Ich habe Sie gesehen! Ich habe Sie gesehen!»

Eine weitere Angewohnheit aus der Zeit, in der ich durch die Gegend zog: ich habe immer ein Stück Stromkabel mit kräftigem Durchmesser im Auto unter meinem Sitz versteckt, das im Falle eines Problems oder Überfalls als Gummiknüppel herhalten kann. Ich sage:

«Bérangère! Mein Handy ist im Auto. Ich hole es und rufe die Polizei. Beruhigt dich das?»

Sie starrt mich wortlos aus weit aufgerissenen Augen an. Hat sie vielleicht das Baby weinen hören? Ich gehe zwei Schritte auf den Cayenne zu, Bérangère weicht ebenso viele zurück. Ich fahre fort:

«Du hast nichts von mir zu befürchten, Bérangère! Aber ich kann dein Verhalten verstehen. Das ist ein einfaches Missverständnis. Du wirst sehen, wenn die Polizei erst da ist, wirst du die Dinge in einem ganz anderen Licht sehen.»

Ich lächele, ein richtig offenes Lächeln, während ich ihr mein Märchen auftische. Ich habe meine Verkaufsreflexe nicht verloren: nicht aufhören zu reden, die Aufmerksamkeit des Zuhörers fesseln, ihn sanft dahin bringen, deinen Ramsch zu kaufen, was immer es ist. Fenster verkaufen oder seine Haut retten, läuft letztendlich auf das Gleiche hinaus. Was zählt, ist die Aufrichtigkeit: immer den Eindruck erwecken, dass man an den Blödsinn glaubt, den man verzapft. Wie in der Politik.

Bérangère beobachtet mich aus dem Augenwinkel, während ich die Wagentür öffne. Sie scheint mir schon weniger feindselig als zuvor. Pech. Es ist zu spät, ich bin schon zu weit gegangen, um einen Rückzieher zu machen, ich kann bei dieser Geschichte nicht mehr das kleinste Risiko eingehen. Ich nehme das Telefon aus seiner Halterung am Armaturenbrett und wähle äußerst ostentativ eine Nummer.

«Siehst du, ich rufe sie an… Sie werden ganz schnell hier sein…»

Ich lächele der jungen Frau weiterhin beruhigend zu, während ich mit der freien Hand unauffällig das Ablagefach in der Tür absuche.

«Hallo? Hallo? Monsieur, ich rufe an, um einen schweren Unfall auf der Departementsstraße 411 zu melden. In *Les Bois de Léchaire*, genau…»

Ich bin gar nicht unzufrieden mit meiner Improvisation, und Bérangère scheint daran zu glauben. Meine Finger schließen sich um das Stück Kabel.

«Es geht um einen Wagen, der gebrannt hat... Nein, ich weiß nicht, wie viele Personen in dem Wagen waren... Wie bitte?... Aber ja, aber sicher, es ist jemand bei mir, aber... Gut... Gut, ich gebe Sie Ihnen...»

Ich setze ein verdutztes Gesicht auf und reiche Bérangère das Telefon:

«Sie möchten, dass du ihnen die Lage bestätigst...»

«Ich?!»

«Ja, du!»

Ich senke die Stimme:

«Sie scheinen zu glauben, dass ich zu viel getrunken habe, diese Arschlöcher! Dass ich ihnen nur irgendwas erzähle! Kannst du das fassen?!»

Bérangère macht drei Schritte in meine Richtung und ergreift das Telefon.

«Hallo?»

Mit einer schnellen Bewegung hebe ich meinen Gummiknüppel und schlage zu. Ich ziele auf den Nacken, erwische aber die Schulter. Durch den Schlag lässt Bérangère das Telefon fallen und taumelt rückwärts. Ich schlage ein zweites Mal zu, zu ungestüm, und treffe nur den Arm, den sie in der Zwischenzeit heben konnte, um sich zu schützen. Ein Knacken wie von trockenem Holz, einem gebrochenen Zweig. Ich muss ihr Speiche und Elle auf einmal gebrochen haben. Die junge Frau stößt einen fürchterlichen Schrei aus und flieht in die

Nacht hinaus. Ohne richtig nachzudenken, springe ich ins Auto, lasse den Motor an, die Scheinwerfer hell erleuchtet, und nehme die Verfolgung auf. Bérangère läuft schnell, aber der Cayenne braucht nur fünf Sekunden und ein paar Zerquetschte, um auf hundert Stundenkilometer zu beschleunigen! Ich bin fast auf ihrer Höhe, als sie einen scharfen Haken schlägt und in den Wald eintaucht.

Ich habe nicht umsonst einen 4x4! Ich schalte runter, um eine kurze Böschung zu überwinden und schieße los, um sie zu verfolgen. Ich werde total durchgerüttelt, die Zweige peitschen böse auf die Karosserie, die Räder lassen Schlamm und Humus aufspritzen, aber der Cayenne gewinnt an Boden! Plötzlich verfängt sich der Fuß der jungen Frau in einer Wurzel, sie stößt einen Schrei aus und stürzt der Länge nach hin. Den Knüppel in der Hand springe ich aus dem Wagen und stürze mich auf sie.

Ich schlage zu. Sie versucht vergeblich, die Schläge abzuwehren. Sie schreit. Sie weint, sie fleht mich an, sie am Leben zu lassen. Ich schlage ihr mit verdoppelter Kraft auf die Schultern, in den Rücken, ins Kreuz. Sie schreit, was das Zeug hält. Was für eine Lebenskraft, mein Gott! Das wird nie ein Ende haben! Das ist unerträglich! Dann, benebelt, schlage ich noch mal und noch mal zu, bis sie schweigt. Dieses Mal hat sie ihr Fett weggekriegt. Ihre linke Gesichtshälfte ist nur noch ein Magma aus zermatschten Knochen und Fleisch. Ihre schönen Haare sind klebrig vor Blut. Was für eine Verschwendung der Natur! Ich richte mich langsam wieder auf. Ich bin erschöpft, wie gerädert, als hätte ich vier Stunden am Stück Tennis gespielt. Ich verspüre eine vage Traurigkeit. Ich habe es gehasst, das tun zu müssen, aber Bérangère hat mir keine Wahl gelassen. Dumme, kleine Schlampe! Warum musste sie auch aufwachen! Ich habe schrecklichen Durst und nichts, um ihn zu löschen.

Allmählich komme ich wieder zur Besinnung, und das Grauen der Situation wird mir in seinem ganzen Ausmaß klar. Der Unfall mag ja noch hingehen, aber Bérangères Tod könnte mich für immer hinter Gitter bringen. Ich muss schnell und gründlich nachdenken.

Im Kofferraum des Cayenne bewahre ich eine kleine Camping-Schaufel auf, für den Fall der Fälle. Dies ist wirklich «der Fall der Fälle», und ich beglückwünsche mich zu meiner Voraussicht. Ich dringe einige Meter ins Unterholz ein und beginne zu graben. Wenn ein Wagen auf der Straße vorbeikommt, bin ich geliefert... Aber noch will ich mich nicht geschlagen geben.

Ich grabe, ohne schlapp zu machen. Glücklicherweise ist die Erde trotz des Regens, der unablässig fällt, locker, aber nicht klebrig. Ich komme zügig voran. Bald habe ich einen Graben freigelegt, der lang und breit, wenn auch nicht tief genug ist, um Bérangères Leiche hineinzuwerfen. Und den Knüppel, den ich benutzt habe. Die Fingerabdrücke habe ich natürlich gründlich abgewischt. Kabel dieses Typs findet man in allen Haushaltswarenläden der Gegend. Damit werden die Flics die Spur nicht bis zu mir zurückverfolgen können. Das gleiche gilt für die Taschenlampe, die ich auf dem Grabenboden verloren habe.

Ich habe einen neuen Kanister Öl im Cayenne; ich gieße den Inhalt über die Leiche der jungen Frau in der Hoffnung, dass der Geruch die Hunde davon abhalten wird, den Kadaver auszugraben, und die wühlenden Wildschweine fernhalten wird. Es fehlt nicht an totem Laub, um das Grab zuzudecken. Als ich mit dem Ergebnis zufrieden bin, steige ich wieder in den 4x4 und setze langsam im Rückwärtsgang bis zur Straße zurück. Im Licht der Scheinwerfer bemühe ich mich, die offenkundigsten Spuren meiner Fahrt durch den Wald zu tarnen. Die Reifenspuren sind unmöglich zu verwischen, aber wenn es weiterhin regnet, wird der Boden sie nicht konservieren. Ich kann mich beim besten Willen nicht an den Wetterbericht erinnern.

Dann kehre ich zu Fuß zu der Stelle an der Straße zurück, wo ich auf Bérangère eingeschlagen habe. Ich brauche keine Minute, um mein Handy wiederzufinden. Trotz der Feuchtigkeit funktioniert es noch. Ein hervorragendes Gerät. Der verkohlte Panda ist in der Dunkelheit des Grabens kaum zu erkennen. Immer noch niemand in Sicht. Ich habe wirklich Schwein!

Ich wende den Cayenne, um Richtung Mâcon zu fahren. Ich habe mir einen Plan zurechtgelegt. Ich wähle Rolands Nummer.

«Roland, ich bin's!»

«Du klingst seltsam, Alter! Was ist los?»

«Ich stecke in der Scheiße! Keine Zeit, es dir zu erklären. Also hör gut zu: wenn Valérie dich anruft, wenn die Gendarmen dich anrufen, habe ich dich um einundzwanzig Uhr angerufen, um dir mitzuteilen, dass ich bei dir vorbeikomme! Abgemacht?»

«Gut, wird gemacht. Aber wieso die Gendarmen? Was hast du getan?»

«Roland, lass mich ausreden! Gegen zweiundzwanzig Uhr hast du dich gewundert, dass ich noch nicht gekommen war. Du hast versucht, mich auf meinem Handy anzurufen, mich aber nicht erreicht. Du hast dir nicht wirklich Sorgen gemacht. Du hast gedacht, dass ich es mir anders überlegt hätte, das mache ich bei dir jedes zweite Mal so!»

«Ganz und gar nicht!»

«Ich weiß. Aber das wirst du sagen. Und wenn man dich danach fragt, antwortest du, dass, ja, ich bin dir ein wenig besoffen vorgekommen…»

«Ach, darum geht's! Du bist besoffen!»

«Roland! Kann ich mich auf dich verlassen?»

«Natürlich, aber ...»

«Ich werde mich dafür revanchieren! Versprochen!»

Ich beende das Gespräch, bevor er mir weitere Fragen stellen kann. Ich weiß, dass er genau tun wird, worum ich ihn gebeten habe. Wir sind Freunde auf Leben und Tod. Heute Abend auf den Tod.

Jetzt werde ich die heikelste, schmerzlichste Stufe des Plans angehen, den ich mir zurechtgelegt habe, während ich Bérangères Grab geschaufelt habe. Ich nähere mich der ausgewählten Stelle. Dem *Spot*, wie meine jungen Kursteilnehmer sagen. Er liegt in einer etwas höher gelegenen Kurve, keine fünf Kilometer entfernt. Ich darf auf gar keinen Fall einen Fehler machen ...

Nur noch drei Kilometer. Ein Wagen überholt mich. Das ist schlecht. Wenn die Gendarmen Fragen stellen, muss man sagen können, dass ich zu schnell gefahren bin. Oder Schlangenlinien. Ein Typ, der mir entgegenkommt, betätigt die Lichthupe. Hervorragend. Er wird sich daran erinnern, dass er mir begegnet ist. Bleibt die Zeitfrage. Ich habe das Ausbildungszentrum gegen einundzwanzig Uhr dreißig verlassen. Es ist fast Mitternacht! Die Gefahr besteht, dass man sich fragt, was ich in der Zwischenzeit getrieben habe… Ich stelle die kleine Uhr auf dem Armaturenbrett zwei Stunden zurück in der Hoffnung, dass sie bei dem Unfall kaputtgehen oder stehenbleiben wird. Sonst würde ich vorgeben, dass ich über zwei Stunden in meinem beschädigten Wagen sitzengeblieben bin und auf die Rettungskräfte gewartet habe. Es regnet immer noch, aber mäßig; nicht zu vergleichen mit der Sintflut von vorhin.

Keine fünfhundert Meter mehr. Ich schalte die Scheinwerfer aus, damit ihr Strahl nicht die Aufmerksamkeit eventueller Autofahrer auf sich lenkt, wenn der Cayenne ins Wasser stürzt. Dreihundert Meter… Man sieht die Hand vor Augen nicht, aber, wie ich meinen Schülern immer erkläre, könnte ich diese Strecke mit geschlossenen Augen fahren. Jetzt oder nie ist die Gelegenheit, es zu beweisen. Ich bin da! Am Eingang der Kurve angekommen, gebe ich Vollgas; der 4x4 hüpft buchstäblich, als er von der Fahrbahn abkommt. Die Landung ist unheimlich hart, eine Aufprallwelle, die mich bis zum Nackenwirbel erschüttert… die Airbags gehen zischend auf, ich habe das Gefühl, in einem Haufen Daunendecken gefangen zu sein. Ich nehme eine Reihe dumpfer Stöße wahr, ein unangenehmes Quietschen und Knirschen, das Geräusch von zersplitterndem Glas. Zur Sicherheit schalte ich den Motor aus: ein Brand entsteht so schnell…

Stille. Das Geräusch von fließendem Wasser, ein Gefühl von Feuchtigkeit. Ich glaube, ich habe meinen Coup gelandet: der Cayenne hat seine Fahrt in dem Bach beendet, genau so, wie ich gehofft hatte. Ich habe meinen Beruf verfehlt, ich hätte Stuntman werden sollen! Nach einem Moment der Euphorie verspüre ich eine kurze Panik: und wenn ich gelähmt wäre?! Wie sollte ich in dem Fall den Zustand meiner Kleidung rechtfertigen? Die Art Detail, die die Mörder ins Verderben stürzt!

Ruhig Blut. Ich bin noch ganz, ich kann Arme und Beine bewegen. Tatsächlich habe ich nicht einen Kratzer. Wirklich ein Wahnsinnsschlitten! Ich werde ihn vermissen. Ich muss mich aus den Airbags befreien. Ich verrenke mir die Glieder und befreie mich schließlich. Ich brauche einen Moment, um mich zu orientieren: der Wagen liegt auf der linken Seite, die Motorhaube im Wasser. Mit komplizierten Verrenkungen schaffe ich es, mich durch die Tür hinten rechts hinauszuzwängen, deren Glas zersprungen ist. Die Nacht ist immer noch genauso dunkel, aber ich kann trotzdem feststellen, dass die Kieselsteine, die das Bachbett bilden, meinen schönen Cayenne ganz ordentlich mitgenommen haben.

Der Wagen hat zwei tiefe Furchen auf dem Seitenstreifen hinterlassen, bevor er hinuntergestürzt ist. Ausgezeichnet! Die Gendarmen werden daraus ableiten, dass ich viel zu schnell gefahren bin und nicht in der Lage war, die Kurve zu nehmen.

Ich gehe in Richtung Straße. Scheinwerfer kommen näher: ich baue mich auf dem Seitenstreifen auf und winke dramatisch; ich muss zum Fürchten aussehen…

*

Mein Unfall hat nicht den geringsten Zweifel aufkommen lassen, besser noch, er hat niemanden überrascht. Weder die Gendarmen, noch Valérie, nicht einmal Roland, dem ich später eine finstere Geschichte über Sex mit einem minderjährigen Mädchen erzählt habe, um meinen seltsamen Telefonanruf zu rechtfertigen, und die er, ohne mit der Wimper zu zucken, geschluckt hat. Meine Seitensprünge versetzten ihn immer in eine angeregte Stimmung.

Der allgemeinen Ansicht nach habe ich den Fehler begangen, mich in betrunkenem Zustand ans Steuer zu setzen, und bin nun doch einmal ganz schön dafür bestraft worden. Ich hätte in diesem Bach krepieren können, in dem ich fast zwei Stunden bewusstlos gelegen habe, bevor ich die Energie aufgebracht habe, bis zum Straßenrand zu kommen.

Man hat mich geröntgt, im Computertomographen gescannt, untersucht. Alles noch funktionsfähig.

Ich spiele den Reumütigen, wiederhole jedem, der es hören will, dass ich mich wie der letzte Idiot verhalten habe, und dass es nicht wieder vorkommen wird! In Anbetracht des Zustand meines Wagens, kann man sagen, dass ich noch Glück im Unglück hatte! Die Fachleute fragen sich: ist der Cayenne reparabel oder reif für den Schrottplatz? Mein Versicherer ist sauer auf mich.

Wie ich gehofft hatte, hat niemand Bérangère am Ende der Abschlussfeier mit mir fortgehen sehen. Sie waren alle dermaßen besoffen! Offensichtlich hat man sich über ihr Verschwinden noch keine Sorgen gemacht. Man wird es am Montag bemerken, wenn die Bezirke unter den neuen Handelsvertretern aufgeteilt werden.

Meine Hände zittern ein wenig, als ich die Zeitung aufschlage. *«Die Nacht von Freitag auf Samstag hat drei Personen das Leben gekostet», lese ich auf der Lokalseite. «Auf der D 975, bei einem Ort namens La Mure, zehn Kilometer von Tournus entfernt, ist Monsieur Battembos, ein Rentner von 67 Jahren, mit seinem Xantia gegen einen Baum gefahren. Er war sofort tot. Seine Frau Germaine, 64, hat den Unfall wie durch ein Wunder unverletzt überlebt. In Les Bois de Léchaire, auf der D 411, ist ein Fiat Panda in einer Kurve von der Straße abgekommen. Der*

Wagen hat sofort Feuer gefangen. Wir beklagen den Tod von Mademoiselle Geneviève Saillans, Lehrerin in Mazerolles, und den ihres fünfzehn Monate alten Babys. Diese beiden Dramen stehen wahrscheinlich mit den meteorologischen Bedingungen in Verbindung, die über dem Department wüteten: ausgiebige Regenfälle und heftige Windböen. Weitere Verkehrsunfälle, glücklicherweise weniger tragisch, sind ebenfalls dem schlechten Wetter zuzuschreiben, und die Feuerwehr von Bourg-en-Bresse kam in jener Nacht über vierzehn Mal zum Einsatz.»

Ein Satz in dem Artikel erregt meine Aufmerksamkeit: *Der Wagen hat sofort Feuer gefangen*. Hat der Journalist sich von seiner Vorstellungskraft mitreißen lassen, oder hat er diese Worte dem Bericht der Gendarmerie entnommen? So oder so ist mir damit bestens gedient. Nirgends wird ein anderes Auto erwähnt, das in den Unfall verwickelt war. Und erst recht nicht die Leiche einer jungen Frau, die überstürzt ins Unterholz geflohen ist! Ich habe kühn ein heikles Spiel gespielt; wenn das Glück mich nicht verlässt, werde ich mich spielend aus der Affäre ziehen!

Ich rechnete mehr oder weniger damit, von Bérangère zu träumen, die schmerzliche Szene der Schläge und der Beerdigung noch einmal zu durchleben. Ich hatte, im Gegenteil, einen wohltuenden und erholsamen Schlaf. Valérie hat sich mir gegenüber ungewöhnlich fürsorglich gezeigt. Sie muss große Angst gehabt haben, als die Flics sie angerufen haben, um ihr mitzuteilen, dass der Cayenne von der Straße abgekommen war, und ich mit ihm… Was die Jungs betrifft, muss ihre Mutter sie zurechtgewiesen haben: ich höre weder Geschrei noch Streit. Sie bemühen sich rührend, mich nicht zu stören. Ich sollte öfter einen Autounfall bauen!

Als Valérie ihnen erklärt hat, dass Papa nichts passiert war, der 4x4 jedoch «total hinüber» war, sind sie alle beide in Tränen ausgebrochen. Sie lieben diesen Wagen beinahe so sehr wie mich. Ist das nicht süß?!

Die Fahrerin des Panda war also Lehrerin. In Mazerolles auch noch. Ein Nest, in dem ich damals nicht gerade wenige Baustellen überwacht habe. Dem Artikel zufolge war sie eine unverheiratete Mutter, nun ja, alleinerziehende Mutter, wie man heute sagt. Es geht nicht eindeutig daraus hervor, ob das Baby sofort tot war, wie der Alte in dem Xantia, oder ob es erstickt ist, als der Wagen gebrannt hat… Achtung! Versuch, nicht daran zu denken! Gefährlich! Dadurch wird es schließlich auch nicht wieder lebendig.

Für den Augenblick ist mein größtes Problem Bérangère. Nun ja, ihre Leiche. Wäre es nicht ratsam, sie auszugraben und woanders zu verscharren, an einem Ort, an dem sie nicht so leicht gefunden wird? In den Gängen einer verwilderten unterirdischen Champignonkultur, zum Beispiel, ich kenne eine in Richtung Lons-sur-Saunier. Gleichzeitig laufe ich Gefahr, gesehen zu werden. Niemand wird glauben, dass ich mitten in der Nacht Champignons sammeln gehe, mit einer Schaufel und einem sperrigen, in eine Plane gewickelten Paket. Wenn man im Verschwinden der jungen Frau ermittelt, werde ich unvermeidlich vernommen werden: also besser sich nicht rühren. Schließlich kann es sein, dass das Glück mir weiterhin hold bleibt und Bérangères Überreste erst Jahre später gefunden werden. Und dann zu rekonstruieren, was wirklich passiert ist, wird eine harte Nuss für die Bullen!

*

Ich könnte Urlaub nehmen, Montag früh nicht ins Büro gehen; nach meinem schrecklichen Unfall würden das alle verstehen. Aber ich will lieber meinen Ruf als Kämpfernatur untermauern, als einer, der sich nicht so leicht unterkriegen lässt, und ich will der erste sein, der sich über Bérangères Abwesenheit wundert, falls einige bemerkt haben sollten, dass ich ihr nachgestellt habe. Weil ich Valérie nicht ihren Wagen wegnehmen kann, bitte ich Jeff, mich von zu Hause abzuholen. Er überschreitet die fünfzig Stundenkilometer nicht und fährt, als wäre ich seine Mutter oder ein zerbrechliches Frachtstück.

«He», sage ich. «Ich bin nicht aus Porzellan! Du kannst ganz normal fahren!»

«Trotzdem… Du musst unter Schock stehen…»

«Ich sag dir was: ich hatte nicht einmal Zeit, Schiss zu haben!»

«Meine Fresse! Wie schnell bist du gefahren?»

«Hundertfünfzig, hundertachtzig?… Ich hab nicht wirklich drauf geachtet… ich war dermaßen besoffen, muss man schon sagen…»

«Meine Fresse!…»

Dieses «meine Fresse» ist eindeutig bewundernd. Mein Ruf als Draufgänger wird noch ein wenig wachsen.

Im Büro beglückwünscht man mich, man klopft mir auf die Schulter, man ist sprachlos. Was für ein Kerl! Er hat wirklich Schwein gehabt! Wenn die wüssten!

Jeff versammelt die neuen Handelsvertreter in dem Saal, in dem am Freitagabend die kleine Feier stattgefunden hat. Übers Wochenende ist alles saubergemacht und aufgeräumt worden. Als wäre nie etwas gewesen. Eine Vorstellung, die mir gut gefällt. Jeff verteilt Fotokopien von Landkarten mit den Bezirken an alle, antwortet auf praktische

Fragen zu den Musterkoffern und Spesenrechnungen.

«Hast du noch etwas hinzuzufügen?», fragt er mich am Ende seiner Vorstellung.

«Ich möchte Ihnen allen nur viel Glück wünschen und Ihnen vor allem ans Herz legen, vorsichtig zu fahren!»

Lachen kommt auf.

«Ich weiß, wovon ich spreche!... Ich wünsche niemandem, das durchzumachen, was ich an diesem Straßenrand durchgemacht habe... Ich bin ganz allein verantwortlich für das, was passiert ist, und glauben Sie mir, was mich betrifft, ist mit dem Alkohol am Steuer für immer Schluss! Ich hoffe, dass Sie sich ein Beispiel an mir nehmen...»

Mein Glaubensbekenntnis wird mit zaghaftem Applaus aufgenommen. Ich bedanke mich mit einem Kopfnicken, bevor ich schließe:

«Und ich erinnere Sie nochmals daran, dass der gute Vertreter nicht derjenige ist, der vom ersten Tag an einen durchschlagenden Absatz macht, sondern derjenige, der nicht den Mut verliert, wenn der Absatz in den folgenden Tagen nicht mehr so durchschlagend ist!...»

Diesmal ist der Applaus lebhafter. Harmlos bemerke ich:

«Ach übrigens, hat jemand Bérangère gesehen?»

Keine Antwort.

«Ich habe am Sonntag versucht, sie zu erreichen, aber auf ihrem Handy war nur die Mailbox», sagt Corinne, eine dicke junge Frau, die mir schon immer unsympathisch gewesen war.

Es scheint mir, als wäre ihr Blick voller stummer Vorwürfe. Zweifellos ist sie eifersüchtig auf Bérangère. Zweifellos wäre sie in meinem 4x4 gern an ihrer Stelle gewesen. Sie weiß nicht, was ihr erspart geblieben ist, die blöde Gans!

«Vielleicht hat sie ihren Zug verpasst», schlägt ein Typ vor.

«Welchen Zug?»

«Sie kommt aus Saint-Étienne. Sie fährt oft am Wochenende nach Hause. Und Saint-Étienne – Bourg im Zug ist kein Zuckerschlecken!»

Alles in allem scheint sich niemand wirklich Sorgen um Bérangères Schicksal zu machen. Umso besser. Ich war der erste, der sich um ihre Abwesenheit Sorgen gemacht hat; das können von nun an alle bezeugen.

Beim Mittagessen fällt es mir äußerst schwer, mich nicht auf die Zeitung zu stürzen: Geneviève Saillans sind einige Zeilen gewidmet. Eine beispielhafte Lehrerin, bei Kindern und Eltern beliebt, an der Schule geschätzt. In Mazerolles wurde gesammelt, um an der Schulfassade eine Gedenktafel anbringen zu können. Geneviève, präzisiert der Nachruf, war, ebenso wie ihr Lebensgefährte, eine militante Umweltschützerin. Sie hatte also einen Lebensgefährten. Es geht nicht eindeutig daraus hervor, ob er der Vater des Babys war.

Die Woche vergeht ohne ein nennenswertes Ereignis. Am Donnerstag werden Geneviève Saillans und ihr Baby in Mazerolles beigesetzt. Die Schule ist in Trauer, das ganze Dorf kommt zur Beerdigung. Zutiefst erschüttert, versichert der Berichterstatter der Zeitung.

Ich fühle mich weder besser noch schlechter als vor dem Verbrechen. Um ehrlich zu sein, fühle ich nichts Besonderes, außer einer Art allgemeiner Müdigkeit, die man meinem Unfall zuschreibt. Die klassische posttraumatische Reaktion. Der Arzt verschreibt mir Vitamine, Spurenelemente, und legt mir nahe, so bald wie möglich Urlaub zu nehmen.

*

Die Gendarmen kreuzen am Freitag auf, am frühen Nachmittag. Zwei junge. Sie wirken gelangweilt. Stimmt es, dass Mademoiselle Bérangère Woirel an einem Lehrgang in Ihrem Unternehmen teilgenommen hat? Durchaus. Wann haben wir sie zum letzten Mal gesehen? Freitag. Auf der Abschlussfeier des Lehrgangs, genauer gesagt. Ist uns etwas aufgefallen? Wirkte sie nervös, unruhig, oder, im Gegenteil, ungewöhnlich ausgelassen? Nein, nichts Besonderes. Wie kommt es, dass wir uns keine Sorgen über ihre Abwesenheit gemacht haben?

«Ich habe mich Montag früh darüber gewundert, *Capitaine*. Das wird man Ihnen bestätigen können. Danach war ich zu beschäftigt, um mir darüber Gedanken zu machen. Und außerdem werde ich Ihnen etwas gestehen: es kommt ziemlich oft vor, dass die jungen Leute sich nach dem Lehrgang absetzen… Eine Art Panik, verstehen Sie? Die Angst vor dem Unbekannten… Das ist ein ziemlich harter Job… Ihren Kameraden geben sie natürlich nicht Bescheid. Sie haben ihren Stolz. Sie schleichen sich wieder nach Hause, mit eingekniffenem Schwanz, wenn Sie den Ausdruck verzeihen.»

«Das Problem ist, dass Mademoiselle Woirel nicht nach Hause zurückgekehrt ist… Ihr Gepäck ist noch in ihrem Hotel…»

«Und wenn sie wegen eines Liebesabenteuers ausgerissen ist? Wäre das nicht denkbar?»

«Doch.»

«Bérangère war ziemlich gut gebaut. Ich meine: sie ist ziemlich gut gebaut. Also ich würde sicher in dieser Richtung bohren.»

Nach meinem zeitlichen Lapsus geht dieses unfreiwillige Wortspiel zum Glück unbemerkt an den Gendarmen vorbei. Einer der beiden antwortet:

«Danke für den Rat, aber Mademoiselle Woirel ist volljährig, verstehen Sie. Wenn sie mit einem Kerl durchgebrannt ist, können wir nicht viel tun…»

Die Gendarmen werden nicht wiederkommen. Fall erledigt!

Eine Woche später bitten mich Bérangères Eltern, die gekommen sind, um die Sachen ihrer Tochter aus dem Hotel zu holen, um ein Treffen. Sie sind älter, als ich gedacht hätte. Arme Schlucker, eingeschüchtert und gehemmt. Leute ohne Ambitionen, sparsam und reaktionär. Von solchen habe ich Dutzende unter meinen Kunden gehabt. Die würde ich leicht um den Finger wickeln können.

Bérangère ist, oder besser gesagt war, ihre einzige Tochter. Pech! Nachdem ich ihnen erklärt habe, wie sehr ich ihre menschlichen und beruflichen Fähigkeiten während des Lehrgangs geschätzt habe, führe ich behutsam die Theorie an, dass sie mit einem Liebhaber durchgebrannt sein könnte. Sie sind empört. Das ist nicht Bérangères Art! Sie ist ein anständiges Mädchen. Ich erlaube mir ein Lächeln.

«Ist man in der Liebe jemals anständig?»

«Wenn sie jemanden gehabt hätte, zumindest

einen Anständigen, hätte sie mir davon erzählt», versichert die Mutter schniefend.

Ich hüstele.

«Manche Wahrheiten sind schwer zu begreifen, Madame. Selbst für eine Mutter.»

«Was wollen Sie damit sagen?»

«Nun ja ... wie hätte es Ihnen gefallen, wenn Ihre Tochter ... Sagen wir ... Ähm ... mit einem Farbigen verkehrte ...»

«Sie meinen mit einem Schwarzen!», ruft der Vater mit weit aufgerissenen Augen.

«Ein Schwarzer oder ein Maghrebiner.»

Entsetztes Schweigen folgt auf meine Anregung. Ich habe die richtige Karte ausgespielt.

«Unmöglich! Nicht Bérangère!»

Sie halten hartnäckig daran fest, meine Theorie zu widerlegen, aber die Saat ist gesät. Der Gedanke wird sich seinen Weg in ihre beschränkten Gehirne bahnen. Sie werden in der Überzeugung nach Saint-Étienne zurückkehren, dass ihre Tochter aus einer Kurzschlusshandlung heraus einem Dunkelhäutigen in sein fernes Land gefolgt ist.

Ich sage Ihnen: in Sachen Schmus bin ich der Größte!

*

Fünf Monate sind seit dem Unfall vergangen. Ich habe den Führerschein wiederbekommen und fahre seitdem am Steuer eines banalen, mausgrauen, gebraucht gekauften Range Rovers. Ein stotternder Diesel, dem Vorbild des geläuterten Fahrers entsprechend, das ich geben will. Die Versicherung hat große Schwierigkeiten gemacht, für den Cayenne aufzukommen mit der Begründung, dass ich betrunken war. Schließlich haben wir uns auf einen Kompromiss geeinigt. Trotzdem habe ich bei der Geschichte jede Menge in den Sand gesetzt.

*

Nach mehreren erfolglosen Versuchen scheint der Frühling endlich über den Winter triumphiert zu haben. Das kommt mir gar nicht gelegen. Sonntagsspaziergänger und Pilzsammler werden sich erneut in *Les Bois de Léchaire* tummeln. Das Risiko, dass Bérangères Leiche entdeckt wird, wächst enorm. Es wird eine polizeiliche Ermittlung geben, und in Anbetracht der wissenschaftlichen Mittel, die der Polizei heute zur Verfügung stehen, bin ich nicht absolut sicher, dass ich ungeschoren davonkomme… Obwohl mein Alibi als solches unanfechtbar ist.

Ich zögere, Roland um Rat zu fragen, der oft einen guten Rat weiß. Aber es steht zu viel auf dem Spiel. Wer weiß, ob er mir die Freundschaft bewahrt, wenn er erfährt, dass ich eine junge Frau erschlagen habe, weil sie gesehen hatte, wie ich einen Wagen in Brand gesetzt habe, dessen Insassen ich versehentlich umgebracht hatte? Undenkbar! Vielleicht würde er mich sogar bei der Polizei anzeigen…

Da kommt mir eine so unglaublich abartige Idee, dass ich fast rot werde. Aber es ist die einzige, allereinzige, die mich von dem Mord an Bérangère entlasten kann.

Es ist einfach: eine andere junge Frau muss getötet werden, nicht mehr und nicht weniger. Auf die gleiche Art, unter ähnlichen Umständen. Um den Gedanken nahezulegen, dass sich ein Serienmörder in der Gegend aufhält…

Im Büro sind Bauarbeiten im Gange. Ich entwende ein Stück Stromkabel, das als Knüppel dienen wird. Ich nutze eine Reise zum Firmensitz in Lyon, um in einem großen Geschäft einen kleinen Hut und eine Jacke zu erwerben, die meine Erscheinung charakterisieren und verwandeln. Der Wagen ist ein Problem, aber es erscheint mir noch risikoreicher, extra einen für die Operation zu leihen… Ich richte es so ein, dass die Nummernschilder ständig schlammverdreckt sind und kaufe vorsichtshalber Ersatzreifen am anderen Ende des Departments. Ich werde sie dem Range Rover nach der Tat aufziehen und die alten auf einer Müllkippe entsorgen, wo sie verbrennen werden. Ich gewöhne mir an, beim Fahren Handschuhe zu tragen. So gibt es viel weniger Abdrücke, wenn es soweit ist! Bleibt noch, ein Opfer auszuwählen und die ideale Stelle zu finden, um die Leiche loszuwerden.

Auf der N 83, dreißig Kilometer von Bourg-en-Bresse entfernt, befindet sich eine Landwirtschaftsschule. Die meisten der Schüler sind Internatsschüler; am Wochenende wollen sie nur eins: nach Hause! Verständlich. Wie man gesehen hat, ist der Zug nicht gerade das praktischste Transportmittel in der Gegend, außerdem ist er teuer. Daher fahren viele Jungs per Anhalter. Und nicht wenige Mädchen auch. Die Leute in der Gegend wissen Bescheid, und selbst diejenigen, die normalerweise nur widerstrebend Anhalter mitnehmen, halten gern an, um diesen jungen Leuten aus der Klemme zu helfen.

Eine von ihnen wird es sein. Aber ich brauche ein Mädchen allein – sie fahren oft zu mehreren – und natürlich keine Zeugen. Freitagabend, bei Einbruch der Dunkelheit, werde ich zu der Schule fahren, bekleidet mit meinem kleinen Hut, in dem ich aussehe wie ein Viehhändler unterwegs zwischen zwei Agrarmärkten. Nicht ein einziger Anhalter in Sicht. Ich komme zu früh oder zu spät. Ich kann es mir auch nicht erlauben, den Bereich zu überwachen, bis ich eine gefunden habe, sonst wird noch jemand auf mich aufmerksam!

Als ich Montag aus dem Büro komme, drehe ich wieder auf gut Glück ein Paar unauffällige Runden in der Nähe der Schule. Ich kehre unverrichteter Dinge zurück. Desgleichen am Dienstag und Mittwoch. Ich beginne gerade, einen anderen Plan in Erwägung zu ziehen, als das Glück mir Donnerstagabend endlich hold ist.

Das Mädchen sucht im Schatten einer großen Fichte Schutz vor dem Regen; sie trägt eine tarnfarbene Regenjacke, fast hätte ich sie übersehen! Ich setzte hastig ein Stück auf dem Seitenstreifen zurück, damit sie nicht durch den Regenschauer laufen muss. Ich habe vor allem Angst, dass ein anderes Fahrzeug auftauchen könnte.

«Ich muss nach Doullaines, können Sie mich mitnehmen?»

«Kein Problem, Mademoiselle! Steigen Sie schnell ein!»

Sie klettert in den Wagen. In meiner Nervosität fahre ich zu ruckartig los. Der Range Rover rutscht hinten weg. Ich habe feuchte Hände in meinen Lederhandschuhen. Das Mädchen hat nichts gemerkt.

«Danke», sagt sie. «Ich war schon am Verzweifeln…»

Sie ist ein sehr schmächtiges Mädchen mit kastanienbraunen, lockigen Haaren und großen, blauen unschuldigen Augen hinter runden Brillengläsern. Auf ihre Art recht süß. Sie kann nicht älter sein als fünfzehn, was mir ein wenig gegen den Strich geht. Ich hätte lieber ein größeres, voller entwickeltes, meinem ersten Opfer körperlich ähnlicheres Mädchen gehabt. Aber ich habe keine Zeit, ein anderes zu suchen. Diese hier wird es tun.

«Haben Sie denn schon lange hier gewartet?»

Die Erwiderung ist ein wenig abgedroschen, aber mir fällt keine bessere ein. Meine Nerven sind zum Zerreißen gespannt. Viel mehr als bei Bérangère. Weil ich weiß, was mich erwartet… Und was sie erwartet.

«Eine ganze Weile, ja…»

«Wenig Autos?»

«Das nicht, aber wenn es regnet, halten die Leute nicht gern an.»

Spärlicher Verkehr wäre mir lieber gewesen. Viele werden sich an dieses Mädchen erinnern, das sich im Regen die Beine in den Bauch gestanden hat. Werden die Fahrer, die mir entgegenkommen, sich auch an den grauen Range Rover erinnern? Das ist die Frage. Ich habe darauf geachtet, die Heizung auszustellen: die Windschutzscheibe ist beschlagen, mit dem Handschuhrücken wische ich regelmäßig ein kleines Viereck vor meinen Augen frei. Von außen muss es unmöglich sein, meine Beifahrerin zu erkennen. Die Schülerin schüttelt sich wie ein Hund.

«Dieses Wetter ist nicht lustig!»

«Sie sagen es...»

Ich kann ihr doch wohl kaum erzählen, dass es jedes Mal regnet, wenn ich ein junges Mädchen umbringe! Ich sollte die Unterhaltung am Laufen halten, aber mir fällt rein gar nichts ein. In Gedanken gehe ich unaufhörlich die schrecklichen Handgriffe durch, die ich in einigen Minuten vollziehen muss.

«Und das alles nur, weil ich ein Heft vergessen habe, können Sie sich das vorstellen?!»

«Wie bitte?»

Sie fährt lebhaft fort:

«Wir haben einen Lehrer... Ein echter Pedant! Kommt man zu spät, lässt er einen nicht mehr in die Klasse! Vergisst man sein Heft, darf man den Test nicht machen!... Das ist mir passiert... Kurz und gut, ich muss nach Hause! Morgen früh bringt mein Vater mich in die Penne zurück...»

Gestorben wegen eines vergessenen Schulhefts. Was für ein lächerliches Schicksal...

«Dürft ihr die Schule einfach so verlassen?»

«Theoretisch ist das nicht erlaubt. Aber es ist mir gelungen, den CPE zu bequatschen.»

«Wen?»

«Den Beauftragten für Disziplin, Verwaltung und Beratung ...»

Zu meiner Zeit nannte man das einen Aufpasser. All diese Neologismen helfen nicht gerade, die Kluft zwischen den Generationen zu überwinden. Bei Kluft muss ich an den Graben denken, ich habe mir nicht gut genug überlegt, wie ich das Mädchen dazu bringen will, an der Stelle, die ich mir für mein übles Spiel ausgeguckt habe, aus dem Wagen zu steigen. Sie wirkt recht pfiffig, ich werde mich geschickt anstellen müssen. Während ich durch den Regen fahre, ohne die Höchstgeschwindigkeit zu überschreiten, grüble ich. Da sie pausenlos redet, kann ich mich schlecht konzentrieren. Mein Handy liefert mir zur rechten Zeit die Lösung, als es anfängt zu klingeln.

«Gehen Sie nicht ran?», wundert sie sich.

«Nie beim Fahren, Mademoiselle!»

Ich begnüge mich damit, auf die Nummer auf dem Display zu schauen.

«Das ist mein Büro ... Ich rufe zurück, sobald ich anhalten kann ...»

«Was machen Sie beruflich?»

Ich sage es ihr. Die Wahrheit kostet nichts, da sie sie mit ins Grab nehmen wird.

«Das ist komisch, das hätte ich nie gedacht ...»

«Mit anderen Worten, Sie finden, dass ich nicht

aussehe wie einer, der Doppelverglasungen verkauft?»

«So ungefähr. Ich hätte Sie mir eher in der Viehzucht oder Landwirtschaft vorgestellt, wie meine Eltern ...»

Das alles wegen eines kleinen Huts! Was das doch ausmacht! Gewisse Politiker hatten schon recht: die Kleidung macht den Chef. Siehe Churchills Melone, Arafats Keffieh, die Turbane der Imams ...

«Ich würde gern den Familienbetrieb übernehmen», fährt sie fort.

Sie fängt an, mir haarklein die Projekte auseinanderzusetzen, die sie nie verwirklichen wird, weil ein böser Zufall wollte, dass ich ihren Weg kreuze. Schade. Sie war ein intelligentes Mädchen.

Wir nähern uns der Stelle, die ich für das Verbrechen ausgewählt habe, einer kleinen, mit dichten Haselnuss-Sträuchern bedeckten Anhöhe, die den Range Rover vor Blicken schützen würden. Obwohl ich niemanden hinter mir habe, blinke ich und biege in den Schotterweg ein.

«Sie entschuldigen mich. Ich muss wirklich das Büro zurückrufen!»

Wenn sie sich darüber wundert, dass ich ganz bis auf den Hügel hinauf fahre, werde ich vorgeben, dass der Handy-Empfang dort besser ist. Aber sie sagt nichts. Mit verträumtem Gesichtsausdruck beobachtet sie den Horizont, wo die blasslila Wolken sich wie Tinte in einem schmalen Band von Tageslicht auflösen. Sieh dich ordentlich satt, Kleine! Es ist das letzte Mal.

Ich halte den Range Rover an, stelle Motor und Scheinwerfer ab und steige aus, mein Telefon in der Hand.

«Es dauert nur eine Minute!»

Sie lächelt mir zu. Ich entferne mich ein wenig im Regen, während ich so tue, als würde ich mich mit einem imaginären Gesprächspartner unterhalten. Mein Problem ist folgendes: wie bringe ich das Mädchen dazu, aus dem Wagen zu steigen, sich den Hieben des Knüppels auszusetzen, den ich unter meiner Jacke verberge?

«Schauen Sie!»

Ich beuge mich plötzlich zum Fuß eines Haselnuss-Strauchs herab, als ob etwas am Boden, ein Champignon oder Vogelnest, soeben meine Aufmerksamkeit erregte. Wohlig im Schutz des Wagens, macht sie keine Anstalten, sich zu rühren. Ich dränge:

«Mademoiselle! Schauen Sie! Sie studieren doch Botanik, das müsste Sie interessieren!»

Was ist mit der angeblichen weiblichen Neugier?! Sollte sie misstrauisch sein? Durch die beschlagenen Scheiben kann ich ihren Gesichtsausdruck nicht erkennen.

«Mademoiselle!»

Schließlich rührt sie sich doch. Sie steigt lässig aus dem Rover.

«Was? Was ist los?»

«Sie wollen doch Landwirtin werden… Schauen Sie sich das nur an!»

Sie ist nur noch einen Meter von mir entfernt, ein vages Lächeln auf den Lippen. Unschuldig, zerbrechlich, hilflos. Mir wird plötzlich klar, dass ich es niemals fertigbringen werde, sie kaltblütig umzubringen! Bei Bérangère war das etwas anderes. Ich war kopflos, halb betrunken, sie war entsetzt, es war dunkel und die Ereignisse waren rasch und unerbittlich aufeinander gefolgt. Aber diesem armen Kind kaltblütig, am hell-lichten Tage, den Schädel zertrümmern? Unmöglich!

Sie sagt:

«Ich sehe nichts! Wo ist Ihr Dings?»

«Es ist nichts. Vergessen Sie's. Ich habe ein totes Blatt für einen Champignon gehalten…»

Ihr Gesichtsausdruck hat sich unmerklich verändert. Diese regnerische und unheimliche Dämmerung, die deprimierende Einsamkeit des Orts, der Typ mit dem Hut, der Lügenmärchen erzählt… Man muss sie vor allein fahrenden Männern gewarnt haben, die junge Anhalterinnen mitnehmen, das fällt ihr gerade wieder ein, und sie spürt, wie langsam Panik in ihr aufsteigt. Ich sage dämlich:

«Nur keine Angst!»

Mehr braucht es nicht, um sie vollständig in Schrecken zu versetzen.

«Rühren Sie mich nicht an!»

«Ich werde Sie nicht anrühren! Ich will Ihnen nichts tun!»

Sie reißt aus.

«Mademoiselle! Kommen Sie zurück!»

Plötzlich bin ich es, der in Panik gerät. Dieses kleine Biest bringt es fertig, Anzeige zu erstatten, der Gendarmerie die Beschreibung des Perversen und seines Wagens zu geben. Ich gerate in Teufels Küche; wenn man Bérangères Leiche in der Zwischenzeit findet, bin ich fällig. Also stürze ich mich in die Verfolgung. Das kleine Luder läuft erstaunlich schnell, aber mir geht die Luft nicht aus, ich bin ihr auf den Fersen. Sie rennt geradeaus, Richtung Straße. Sie darf sie auf gar keinen Fall erreichen. Ich setze alles auf eine Karte, ziehe das Kabelstück aus meiner Jacke und werfe es ihr zwischen die Füße, nach Art der Gauchos. Sie verheddert sich mit den Füßen, stolpert und fällt ins feuchte Gras. Ich bin in zwei Sätzen über ihr. Das Glück will es, dass sie mit dem Gesicht nach unten gefallen ist, was es mir erspart, in ihr Gesicht zu sehen. Ich hebe den Knüppel wieder auf und schlage zu. Sie windet sich wie eine Schlange, während sie kurze, klagende Schreie ausstößt. Da schlage ich ausdauernd, regelmäßig zu, wie ein gewissenhafter Schmied.

Als ich zu dem Range Rover zurückkehre, die Leiche des Mädchens über der Schulter, ist es dunkel. Sie wiegt nichts. Ich hole die Camping-Schaufel aus dem Kofferraum und hebe ein mehr als dürftiges Grab am Fuß der Haselnuss-Sträucher aus. Ich lege die Leiche und die Tatwaffe hinein, genau, wie ich es bei Bérangère gemacht habe. Ich schaufele hastig Erde über das Ganze: wenn mein Plan gelingen soll, ist es entscheidend, dass die Leiche schnell gefunden wird.

Dann begebe ich mich in den Weiler La Musaraigne in zehn Kilometer Entfernung zu einem gewissen Monsieur Lachaume, bei dem wir vor einigen Monaten sämtliche Fenster ausgetauscht haben. Er wird nicht überrascht sein über meinen Besuch, ich schaue ab und zu bei den Kunden vorbei, um mich zu vergewissern, dass unsere Ware noch immer zufriedenstellend ist. Ein Zeichen von Seriosität, das sehr gut ankommt. Hervorragend für den Ruf der Firma.

Ich habe mich aus zwei Gründen für Monsieur Lachoume entschieden: er rechtfertigt meine Anwesenheit in dem Bezirk, und er ist total verkalkt. Er wird nicht in der Lage sein, sich an die genaue Uhrzeit meines Besuchs zu erinnern. Schon gar nicht nach ein oder zwei Gläsern von dem abscheulichen Pflaumenschnaps, den er seinen Besuchern aufdrängt.

Auf der Rückfahrt entsorge ich den Hut in einem Müllcontainer, die Jacke in einem anderen und schmeiße die Schaufel in eine tiefe Schlucht. Jedenfalls trägt sie keinen einzigen Fingerabdruck.

Als ich nach Hause komme, sitzt Valérie vor dem Fernseher. Daran gewöhnt, dass ich spät heimkomme, stellt sie keine Fragen. Ich bin ausgehungert und lasse mir die Mahlzeit, die sie in der Mikrowelle aufwärmt, gut schmecken. Ich verspüre große Erleichterung bei dem Gedanken, dass dieses Verbrechen das letzte war, dass ich nicht mehr töten muss.

Nach dem Abendessen schließe ich mich in der Garage ein und mache mich daran, die vier Reifen des Range Rover zu wechseln. Das ist ein harter Job. Aber ich habe in jungen Jahren einige Jahre an einer Tankstelle malocht, und ich bin noch nicht allzu sehr aus der Übung gekommen. Das nötige Werkzeug habe ich auch. Ich wasche das Auto gründlich, trage sogar eine Schicht Wachs auf die Karosserie auf. Der Range Rover sieht dem von vor einigen Stunden schon kaum noch ähnlich. Er wirkt neuer, fast schmuck. Das vordem schmuddelige Grau erstrahlt in neuem Glanz. Morgen auf dem Weg zur Arbeit werde ich die alten Reifen auf einer Müllhalde unter freiem Himmel verbrennen. Es ist die letzte in der Gegend. Den Umweltschützern zufolge, für die die Lehrerin aus Mazerolles und ihr Freund aktiv waren, hätte sie ihren Betrieb schon vor langer Zeit einstellen müssen.

Es ist fast drei Uhr, als ich in mein Bett schlüpfe. Valérie schläft tief und fest. Was würde sie sagen, wenn sie wüsste, was ich heute Abend getrieben habe? Sie wäre natürlich entsetzt. Frauen haben die ärgerliche Neigung, sich mit den Opfern oder den armen Müttern der Opfer zu identifizieren.

Und trotzdem habe ich das alles für dich getan, Valérie! Für dich und die Kinder. Damit ihr nicht in Not und Schande leben müsst.

Nichts in der Zeitung am nächsten Morgen. Auch nicht am Wochenende. Ich werde doch wohl nicht gezwungen sein, eine drittes Mal zuzuschlagen, um die Aufmerksamkeit auf die ersten beiden Male zu lenken?

Ich zucke zusammen, als ich in der Montagsausgabe auf folgende Schlagzeile stoße: *«Der Lebensgefährte der Lehrerin erhebt Anklage: das ist kein Unfall, das ist Mord!»* Ein Foto zeigt ihn, wie er neben dem Gerippe des verkohlten Panda steht. Er ist ein magerer und bärtiger Typ. Mit irren Augen. Mit anklagendem Zeigefinger weist er auf den hinteren Teil des Wagens. Ich sehe objektiv nichts Verdächtiges. *«Am 21. November letzten Jahres»,* heißt es in dem Artikel, *«sind Mademoiselle Geneviève Saillans und ihr fünfzehn Mona-*

te altes Baby ums Leben gekommen, als ihr Wagen Feuer fing, nachdem er von der Straße abgekommen war. Heute erhebt Monsieur Bertrand Lapougère, Lebensgefährte des Opfers und Vater des Babys Anklage: «Geneviève ist auf Grund ihrer militanten Aktivitäten ermordet worden!» Tatsächlich war Geneviève Saillans für den Umweltschutz aktiv. Sie hatte in ganz Frankreich an zahlreichen Aktionen gegen genveränderte Organismen teilgenommen und widersetzte sich heftig der Ansiedelung eines von Finechi SA, dem italienischen Riesenunternehmen der Agrar- und Nahrungsmittelindustrie finanzierten industriellen Geflügelzuchtbetriebs in der Region. Monsieur Lapougère beteuert, dass Geneviève sich am Abend ihres Todes auf dem Rückweg von einem Treffen mit einem mysteriösen Angestellten von Finechi befand, der ihr für das multinationale Unternehmen erdrückende Dokumente überreicht hatte. Aus diesem Grunde «verunglückte» ihr Wagen und wurde dann von den Verfolgern der jungen Aktivistin in Brand gesteckt. Monsieur Lapougère stützt seine Behauptungen auf zwei Berichte von Fachleuten, die dahin tendieren, zu beweisen, dass jemand von hinten auf Geneviève Saillans' kleinen Fiat aufgefahren ist. Eine elektrische Taschenlampe, die am Unfallort sichergestellt wurde, könnte den Mördern gehört haben. Der junge Mann hat

Klage gegen Unbekannt erhoben wegen geplanten Mords. Die Gendarmen, die zur Zeit des Unfalls mit den Ermittlungen betraut waren, versichern, dass ihre Untersuchungen nichts Verdächtiges zutage befördert hätten. In jedem Fall war die Straße zu nass, um die Spuren eines möglichen folgenden Fahrzeugs zu konservieren. Sie weisen darauf hin, dass der Wagen sehr gut lange Zeit vor dem Drama eingedrückt worden sein kann, und dass jeder x-Beliebige die Taschenlampe verloren haben kann. Im Pariser Sitz der Finechi-Gesellschaft tut man Monsieur Lapougères Behauptungen als reine Hirngespinste ab.»

Niedergeschmettert lasse ich die Zeitung sinken. Was für ein Arschloch, dieser Lapougère! Killer, die es auf seine Tussi abgesehen hatten! Auch das noch! Seine lächerliche Paranoia könnte den unfehlbaren Plan auffliegen lassen, den ich so sorgfältig ausgetüftelt hatte. Ich bezweifle, dass sich die Taschenlampe bis zu mir zurückverfolgen lässt, es ist ein Model, das man in jedem Supermarkt erstehen kann. Aber wenn die Staatsanwaltschaft weitere Ermittlungen anordnet, was ab sofort nicht mehr auszuschließen ist, werden *Les Bois de Léchaire* von Flics nur so wimmeln und die Chancen, dass Bérangères Leiche entdeckt wird, dementsprechend steigen …

Ich sehe nur eine Lösung: dringend diesen Bertrand Lapougère beseitigen! Nein. Wenn ich ihn umbringe, lasse ich seine Theorie glaubwürdig erscheinen. Die Angelegenheit läuft Gefahr, Aufsehen zu erregen. Der Multi wird sich sicher nicht zweier Verbrechen beschuldigen lassen, die nicht auf sein Konto gehen! Wenn nötig, wird er seine eigenen Ermittlungen anstellen, und alles in allem kann ich dabei nur verlieren.

Ich werde sehr gründlich nachdenken müssen. Und sehr schnell.

*

Bertrand Lapougère wohnt noch immer in Mazerolles in dem Einfamilienhaus, in dem er mit seiner Lebensgefährtin gewohnt hat. Das Ganze ist eine Baustelle, und die Bauarbeiten sind eingestellt. Man hat Löcher aufgerissen, ohne sich die Mühe zu machen, sie wieder zuzumauern. Die Fenster sind doppelt verglast, aber sie sind nicht von uns. Sie sind auf die Schnelle von einem Dilettanten eingesetzt worden und tragen noch ihre Schutzklebefolie von einer hässlichen, blassgrünen Farbe (unsere sind gelb). Vor dem Haus aufgeschlitzte Säcke mit Sand und Zement, ein Zementmischer und Gerüste, die total verrosten. Nach dem, was die Bäckerin aus dem Kaff mir liebenswürdigerweise erzählt hat, hat Lapougère die Arbeiten nach dem Tod von Geneviève und dem Baby aufgegeben. Er hat sich von seinem Job als Erzieher beurlauben lassen, um sich ganz seiner sogenannten Ermittlung in dem Unfall zu widmen. Vor allem hat er angefangen zu saufen... Diese schreckliche Geschichte hat ihm halb den Verstand geraubt, behauptet die mitfühlende Bäckerin. Lapougère ist ein gebrochener Mann. Sie hat keine Ahnung, wie sehr mir das entgegenkommt.

Ich erfahre, dass Lapougère einen 4x4 fährt, einen alten, schmutzigweißen Mitsubishi Pajero. Man erzählt sich, dass er mit Selbstjustiz droht, wenn die Ermittlungen in dem angeblichen Unfall seiner Lebensgefährtin nicht neu aufgerollt werden. Lapougère ist ein gewalttätiger Mensch und ein Phantast, und das ist seit dem Drama nicht besser geworden. Vor allem mit dem Alkohol. Er ist immer noch aktiv bei den Umweltschützern, von denen vielen seine Anschuldigungen, die sie für völlig unbegründet halten, peinlich sind.

Ich finde ebenfalls heraus, dass zwischen ihm und seiner Lebensgefährtin nicht alles zum Besten stand, trotz der Geburt des Babys. Es ist schon verrückt, was man von Dorfbewohnern alles erfahren kann, wenn man es versteht, ihr Vertrauen zu gewinnen. Gleich im Anschluss ist es mir sogar gelungen, die Apothekerin davon zu überzeugen, zum Schutz ihres Schaufensters einen Roll-Laden einbauen zu lassen...

An das Einfamilienhaus ist ein Schuppen angebaut. Dort hat Lapougère gebastelt, bevor er mit der Sauferei angefangen hat. Ich komme problemlos hinein, die Tür ist nicht abgeschlossen. Ich deponiere zwei Stücke Stromkabel, genau wie jenes, mit dem ich die kleine Schülerin umgebracht habe. Der Rest scheint eindeutig heikler zu werden.

*

Die Nachricht sorgt für Furore in der Lokalpresse: ein Bauer hat, halb verscharrt an seinem Feldrain, die Leiche eines fünfzehnjährigen jungen Mädchens gefunden, auf bestialische Weise ermordet. In Bourg-en-Bresse, wo so etwas nicht jeden Tag passiert, ist die Erschütterung beträchtlich. Der Direktor der Landwirtschaftsschule hat sein Amt niedergelegt: die Frage nach seiner Verantwortlichkeit wird gestellt. Was die Reifen des Range Rovers anbelangt, hätte ich mir die Mühe sparen können, sie zu wechseln: der Kerl, der die makabre Entdeckung gemacht hat, ist den Weg mehr als acht Mal mit seinem Traktor entlanggefahren, bevor er den Zipfel von der grünen Regenjacke bemerkt hat, der aus einem Erdhügel herausragte… Wenn der Wagen des Mörders Spuren hinterlassen hat, sind sie von nun an unkenntlich. Ratlos angesichts dieses Verbrechens, zu dem sie offensichtlich kein einziges Indiz hat, appelliert die Gendarmerie an potentielle Zeugen, sich zu melden.

Ich zögere lange, bevor ich meine Aussage mache: das Risiko ist beachtlich. Andererseits werden die Flics ohne einen kleinen Anstoß niemals in die von mir gewünschte Richtung ermitteln…

Zugegeben, ich habe Herzklopfen und feuchte Hände, als ich mich Donnerstagvormittag zur Gendarmerie begebe, auf den Tag genau eine Woche nach dem Mord an der Schülerin, deren Namen ich aus der Zeitung erfahren habe: Élodie Fauger. Ich habe darauf geachtet, mich elegant zu kleiden, dunkler Anzug und dunkelrote Krawatte, damit man keinerlei Verbindung mit dem Typ in Hut und Jacke aus dem Range Rover herstellen könnte. Man fordert mich auf, mich auszuweisen und meine Geschichte zu erzählen.

«Ich habe gezögert, bevor ich zu Ihnen gekommen bin, weil ich nicht im eigentlichen Sinne etwas Außergewöhnliches gesehen habe», erkläre ich einleitend.

«Das verlangen wir ja auch gar nicht», seufzt der Gendarm, der den Auftrag hat, meine Zeugenaussage aufzunehmen. «Sagen Sie uns einfach, wo Sie am Tag des Mordes waren, und was Ihnen aufgefallen ist.»

«Also… Ich war auf dem Weg nach La Musaraigne, um einen alten Kunden zu besuchen.»

«Sein Name?»

«Monsieur Lachaume. Robert Lachaume. Es hat ziemlich stark geregnet, und die Sicht war schlecht…

«Wie spät war es?»

«So gegen zehn Uhr dreißig, glaube ich.»

«Können Sie nicht etwas genauer sein?»

«Ich fürchte nein. Die Autouhr geht schon lange nicht mehr, und ich schaue selten auf die Uhr. Ich meine, mein Büro nach achtzehn Uhr verlassen zu haben…»

«Fahren Sie fort…»

«Ein Stück hinter der Schule, die die Kleine, die tot aufgefunden wurde, besucht hat, führt die Straße durch ein kurzes Stück Wald, wissen Sie, wo ich meine?»

«Durchaus.»

«Nun ja, dort habe ich einen Wagen mit quietschenden Reifen losfahren sehen.»

«Mit quietschenden Reifen?»

«Ganz abrupt eben; dass der Rollsplitt nur so gespritzt hat.»

«Na und?»

«Na, das ist alles. Das heißt, nein. Nicht ganz. Ich hatte den Eindruck… Ich sage bewusst: ich hatte den Eindruck, als ob ein Kind neben dem Fahrer säße. Na ja, nicht ganz ein Kind, eher ein junges Mädchen... aber ich kann natürlich nicht mit Sicherheit sagen, dass es sich um das betreffende junge Mädchen handelt...»

«Konnten Sie erkennen, wie sie gekleidet war?»

In den Zeitungen war von einer grünen Regenjacke die Rede, ich riskiere nichts, wenn ich antworte:

«Sie trug irgendetwas Grünes. Einen Anorak, einen Mantel, das konnte ich nicht erkennen. Aber grün, soviel ist sicher.»

«Und der Wagen? Haben Sie die Marke erkannt?»

«Es war ein 4x4. Das weiß ich genau. Die Marke... Ein Parejo, würde ich sagen...»

«Welche Farbe?»

«Grau. Oder schmutzigweiß. Ja, eher ein sehr schmutziges Weiß...

«Das Nummernschild konnten Sie sich nicht merken, nehme ich an?»

«Alles, was ich sagen kann, ist, dass es die hiesige Departmentnummer war.»

«Eine Frage noch, Monsieur Landry...»

«Ich höre.»

«Die Person, die in diesem 4x4 am Steuer saß...

«Ja?»

«Was können Sie mir über sie sagen?»

«Es handelte sich um einen Mann.»

«Und was noch?»

«Sein Gesicht konnte ich nicht sehen. Die Fenster waren beschlagen.»

«Sein Leibesumfang?»

«Eher mager, schien mir. Ja, mager.»

«Irgend ein Detail, das Ihnen aufgefallen ist?»

«Nicht, dass ich wüsste… Warten Sie! Doch! Er trug einen Hut!»

«Sind Sie sicher?»

«Absolut. Er trug einen Hut. Nicht so einen Cowboyhut. Einen kleinen, völlig bescheuerten Hut.»

Der Gendarm liest meine Zeugenaussage noch einmal durch, lässt sie mich unterschreiben und gratuliert mir zu meinem Bürgersinn. Das ist doch ganz normal, erwidere ich. Man kann doch nicht zulassen, dass ein gemeingefährlicher Verrückter ungestraft unsere Kinder ermordet! Ich bin selbst Familienvater, verstehen Sie. Als ich gerade gehen will, fragt der Gendarm:

«Ach ja, Monsieur Landry, was für einen Wagen fahren Sie?»

Ich bin absichtlich mit Valéries Nissan gekommen. Einen Augenblick lang bin ich versucht, zu behaupten, dass es mein Wagen ist. Aber die Gendarmen sind nicht dumm. Es wäre ihnen ein Leichtes, herauszufinden, dass ich gelogen habe, und dann würden sie sich sogleich fragen, warum… Ich antworte:

«Einen grauen Range Rover.»
«Ich danke Ihnen.»

Am nächsten Tag lese ich in der Zeitung, dass man auf Grund zweckdienlicher Hinweise den Fahrer eines hellfarbenen 4x4 sucht, einen den Aussagen gewisser Zeugen zufolge mit einem Hut bekleideten Mann, der die junge Élodie in seinem Wagen mitgenommen habe. Die Autopsie des Mädchens hat ergeben, dass sie keiner sexuellen Misshandlung ausgesetzt gewesen war. Die Journalisten trösten sich damit, dass sie den Mord in seiner ganzen Grausamkeit bis ins kleinste Detail beschreiben: eingeschlagener Schädel, jede Menge gebrochene Knochen. Der Mörder hat sich regelrecht in sein kleines Opfer verbissen. Manche glauben an einen Racheakt. Die Rede ist von einem abservierten Freund. Aber ganz wie erhofft wirft ein Leitartikel die Frage auf: sollte da ein Serienmörder am Werk sein? Hat es in der Gegend weitere ungeklärte Fälle von verschwundenen jungen Mädchen gegeben?…

Ich habe den Abend zuvor damit verbracht, eine Fälschung zu verfassen: *«Bérangère, ich weiß nicht, wie ich es dir sagen soll, daher schreibe ich dir lieber. Ich bin verrückt nach dir! Ich lie-*

be dich! Seit dem ersten Tag des Lehrgangs. Ich habe versucht, dir das zu verstehen zu geben, aber es hat nicht geklapt. Du ignorierst mich weiterhin, und das bricht mir das Herz. Man hat mir gesagt, dass du mit einem Kerl gehst, so einem bärtigen Umweltschützer. Und dass dieser Typ schon eine Tussi hat, und sogar ein Baby! Du solltest dich vorsehen! Dieser Kerl hält dich zum Naren. Ich könnte dich wirklich lieben!» Ich habe mit dem Namen «Steven» unterschrieben, einer der Auszubildenden in Bérangères Jahrgang. Ich hatte ein Muster mit seiner scheußlichen Handschrift in meinen Akten aufgehoben, das kam mir jetzt sehr gelegen, und ich habe mich bemüht, dieses Liebesbriefchen in «jungem» Stil mit den obligatorischen Rechtschreibfehlern zu verfassen. Ich bezweifle, dass man Steven wegen dieses Briefs verhören wird. Eine Woche vor Ende des Lehrgangs hat der Junge mir siegessicher verkündet, dass er nach Neuseeland auswandern würde. Sein Bruder hatte dort unten eine Crêperie eröffnet, die voll eingeschlagen ist, und er brauchte Hilfe. Zwischen den Crêpes in Auckland und der Doppelverglasung in Bourg-en-Bresse hatte Steven nicht gezögert. Das konnte man ihm wirklich nicht verdenken.

Diesen Brief schicke ich Bérangères Eltern mit der Behauptung, ihn unten in einem für Auszubildende reservierten Fach gefunden zu haben. Ich rechne fest damit, dass sie sich zu gegebener Zeit darauf berufen werden.

Ich schreibe einen weiteren Brief, diesmal aus Buchstaben zusammengesetzt, die ich aus verschiedenen Zeitungen ausgeschnitten habe, ganz auf die klassische Art. *«Ich habe Informationen über den Unfall Ihrer Lebensgefährtin, die Sie interessieren könnten! Ich brauche 500 Euro. Bringen Sie sie in bar mit.»* Ich schlage Lapougère, dem versoffenen Umweltschützer, vor, ihn in einem Bistro am nördlichen Ortsausgang von Bourg zu treffen, das ich wegen seines Parkplatzes, einer weiten, geteerten Fläche auf der Rückseite des Gebäudes außerhalb des Blickfelds der Gäste gewählt habe.

Wie ich gehofft hatte, eilt Lapougère zu dem Treffen. Und so, wie er seinen Schuppen weit auf lässt, ist auch sein Wagen nicht abgeschlossen. Was mir erlaubt, die beiden Gegenstände dort unterzubringen, mit denen ich mich gewappnet habe: einen Hut, dem zum Verwechseln ähnlich, den ich am Tag des Verbrechens getragen habe, aber eine Größe kleiner als meiner, und eine Teppich-Bodenmatte meines Range Rovers. Ich verberge den Hut ganz unten in dem Krimskrams, mit dem der Kofferraum vollgestopft ist. Es ist zu bezweifeln, dass Lapougère ihn dort findet. Die Bodenmatte ist riskanter. Lapougère könnte sich zu Recht darüber wundern, wie er in den Parejo kommt. Wird er ihn sich deswegen vom Halse schaffen? Das ist höchst unwahrscheinlich. Lapougère scheint mir zu den Typen zu gehören, die die Dinge nehmen, wie sie kommen. Er wird zweifellos lediglich mit den Schultern zucken. Diese Bodenmatte habe ich mit pedantischer Sorgfalt gereinigt aus Angst, dass man Erdpartikel von der Stelle, an der ich Élodie Fauger ermordet habe, daran finden könnte. Seine äußerste Sauberkeit wird ihn verdächtig machen, und ich bin ganz sicher, dass die Polizei-Labore der Abteilung für Spurensicherung an den Schuhen oder Hosenbeinen des Mädchens bereits Fasern von dem Synthetikmaterial gefunden haben, aus dem er gemacht ist. Was den Hut anbelangt, wird Lapougère natürlich leugnen, ihn jemals gekauft oder getragen zu haben. Wird man ihn deswegen so aufmerksam untersuchen, dass man sich wundert, dass weder Haare noch Schuppen von seinem maßgeblichen Träger daran zu finden sind? Das ist eine der Unbekannten, mit der ich mich gezwungenermaßen abfinden muss…

Am selben Abend rufe ich Lapougère mit verstellter Stimme aus einer öffentlichen Telefonzelle an. Ich entschuldige mich dafür, dass ich ihn versetzt habe, aber meiner Ansicht nach war meine Sicherheit nicht garantiert. Er knurrt:

«Ihre Sicherheit? Wie das?»

«Ich bin mir sicher, dass Sie verfolgt wurden…»

«Glauben Sie?»

«Zwei Typen, Sorte Muskelpaket, in einem schwarzen Audi.»

Er hält einen Moment inne, bevor er mit vor Angst und Aufregung belegter Stimme fragt:

«Glauben Sie, dass Finecchi mich beschatten lässt?»

«Ich weiß nicht, ob es Finecchi ist, aber man interessiert sich sehr genau für Sie.»

«Vielleicht die Flics?»

«Also, nehmen Sie es mir nicht krumm, mein Lieber, aber Sie sind keine große Gefahr für die allgemeine Ordnung!… Und Flics fahren selten Audi.»

Eine lange Pause im Gespräch. Er grübelt über das Gesagte nach und schlägt schließlich ein Treffen bei ihm zu Hause vor. Ich lehne ab. Zu riskant. Er regt sich auf:

«Mein Gott! Wir müssen die Wahrheit ans Licht bringen! Wir müssen diese Arschlöcher zu Fall bringen! Sind Ihre Infos seriös?»

«Seriöser geht es nicht.»

«Können Sie mir nicht mehr sagen?»

Ich tue, als zögere ich und stoße schließlich hervor:

«Ich habe die Kopie von einem Fax, das eine hohe Führungskraft von Finecchi SA an eine private Marseiller Wach- und Schließgesellschaft geschickt hat... Der Name Ihrer Lebensgefährtin und ihre Autonummer stehen dort schwarz auf weiß.»

Ich höre Lapougère schnaufen wie einen Boxer, der gerade eine schwere Kopfnuss kassiert hat. Er fragt:

«Sie arbeiten für Finecchi, hab ich recht?»

«Bingo, mein Lieber. Ich missbillige die Machenschaften meiner Gesellschaft, aber ich kann es mir nicht erlauben, meinen Job zu verlieren. Ich habe Frau und Kinder. Sie verstehen?»

Er versteht und fragt:

«Dieses Dokument. Können Sie es mir nicht ganz einfach mit der Post schicken?»

«Und wie komme ich an meine 500 Euro?»

«Ich schicke sie hin, wo immer Sie wollen. Sie können mir vertrauen.»

«Bedaure. Ich vertraue niemandem.»

Damit lege ich auf. Ich glaube, ich habe ihn fest genug am Haken. Am nächsten Tag rufe ich ihn wieder an.

«Ich habe nachgedacht, Monsieur Lapougère.

Hier ist mein Vorschlag: morgen um dreizehn Uhr gehen Sie in die Telefonzelle, die ich Ihnen nennen werde. Dort finden Sie einen Umschlag unter die Ablageplatte geklebt. In diesem Umschlag wird sich eine Fotokopie von der Hälfte des Dokuments befinden, von dem ich Ihnen erzählt habe, nur um Ihnen zu beweisen, dass ich nicht bluffe. Sie werden 500 Euro in den Umschlag stecken. In gebrauchten Zwanzigern. Wenn sie in meinem Besitz sind, also etwa eine Stunde später, rufe ich Sie zu Hause an, um Ihnen mitzuteilen, wo Sie das vollständige Dokument finden. Passt Ihnen das?»

«Das ist ein bisschen kompliziert, finde ich.»

«So oder gar nicht.»

Er denkt lange nach, bevor er sich einverstanden erklärt. Ich füge hinzu:

«Eine Kleinigkeit noch! Sehen Sie zu, dass Sie nicht verfolgt werden! Verändern Sie Ihr Erscheinungsbild! ...»

«Was wollen Sie damit sagen?»

Nicht gerade eine große Leuchte, dieser Lapougère...

«Was weiß ich. Nehmen Sie Ihren Bart ab! Setzen Sie einen Hut auf!»

«Ah ja! Der Hut ist keine schlechte Idee! Ich trage nie einen.»

«Na also... Gut: ich warne Sie, ich werde Sie von weitem beobachten. Wenn die beiden Typen im Audi Ihnen immer noch im Nacken sitzen, wird nichts in der Kabine sein!»

Er versichert mir, dass es kein Problem geben wird. Armer Kerl. Er geht mir gerade direkt in die Falle.

Die Kabine, die ich für die Übergabe gewählt habe, befindet sich natürlich in der Nähe der Landwirtschaftsschule. Das kleine Restaurant, das gegenüber liegt, gibt einen idealen Beobachtungsposten ab. Lapougère wird in der Gegend am Steuer seines 4x4 hin und her fahren, einen Hut auf dem Kopf, in der Hoffnung, eine eingebildete Beschattung auszutricksen. Es müsste schon mit dem Teufel zugehen, wenn er niemandem auffallen würde. Und es werden sich schon ein oder zwei vorbildliche Bürger finden, um die Gendarmen auf die Sache hinzuweisen…

Eine Schere, ein Klebestift, eine Tube Weiß und ein paar Mal durch den Fotokopierer. Die Hälfte eines Fax herzustellen ist nicht besonders schwierig. Und dieser Trottel wird mir auch noch 500 Euro dafür geben! Gegen Mittag klebe ich den Umschlag in die Kabine, nachdem ich mich vergewissert habe, dass Lapougère sich nicht in der Gegend rumdrückt. Dann setze ich mich in aller Ruhe ins Restaurant gegenüber zum Mittagessen. Ich habe darauf geachtet, einen Tisch nahe am Fenster zu wählen, damit ich die Kabine im Auge habe. Da ich noch ein Weilchen Zeit habe, bestelle ich das *Menu Dégustation.* Die Flusskrebse in Blätterteig sind gelungen.

Gegen dreizehn Uhr fünfzehn taucht Lapougère auf. Ohne Bart, fast hätte ich ihn nicht erkannt. Der Dummkopf hat einen grünlichen Tweedhut aufgesetzt, der nicht die geringste Ähnlichkeit mit dem hat, den ich in seinem Wagen versteckt habe. Aber was soll's. Er hat so ein verstohlenes Gehabe wie ein anarchistischer Verschwörer in einer Operette von Offenbach. Der Pajero ist nicht zu sehen. Er muss ihn vorsichtshalber ein Stück entfernt geparkt haben. Lapougère betritt die Kabine und kommt fast sofort wieder heraus, meine Fotokopie in der Hand. Auf seinem ausgezehrten Gesicht spiegelt sich eine Mischung aus Angst und Ungeduld. Der Trottel hat fest angebissen. Ich habe ihm gesagt, dass ich ihn zu Hause anrufen würde, um sicher zu gehen, dass er nicht in Versuchung käme, sich in der Gegend rumzutreiben in der Hoffnung, seinen mysteriösen Informanten zu Gesicht zu bekommen…

Um vierzehn Uhr, mit angenehm vollem Bauch, bezahle ich und steuere lässig auf die Kabine zu. Zwei Personen haben dort telefoniert, seit Lapougère vorbei gekommen ist, aber keine von ihnen ist mit der freudestrahlenden Miene eines Menschen wieder herausgekommen, der gerade 500 Euro gefunden hat… Das Geld befindet sich an seinem Platz. Ich stecke es in die Tasche und rufe Lapougère an. Er geht nach dem ersten Klingeln ran.

«Ich brauche Sie ja wohl nicht zu fragen, ob Sie *Les Bois de Léchaire* kennen…

Ich empfehle ihm, sich mit einer Schaufel zu wappnen und an einem bestimmten Ort zu graben. Dort, wo ich Bérangère verscharrt habe, natürlich. Ich gebe vor, dass er dort neben dem versprochenen Dokument ein oder zwei Gegenstände finden wird, auf denen die Mörder wahrscheinlich ihre Fingerabdrücke hinterlassen haben. Er bedankt sich überschwänglich.

Mein zweiter Telefonanruf geht an die Gendarmen. Er dauert nicht länger als zwanzig Sekunden.

*

«DAS SCHEUSAL HINTER SCHLOSS UND RIEGEL!» «DER MÖRDER IST AN DEN ORT SEINES VERBRECHENS ZURÜCKGEKEHRT!» «DER SERIENMÖRDER ENDLICH VERHAFTET» «DAS GRAUEN GANZ IN IHRER NÄHE!» «WIEVIELE OPFER GEHEN AUF DAS KONTO DES SERIENMÖRDERS?» sind einige der Schlagzeilen, die am nächsten Tag sowohl in den Lokalzeitungen als auch in der überregionalen Presse zu lesen sind.

Lapougère ist mit der Schaufel in der Hand festgenommen worden, als er im Begriff war, die Leiche seines ersten Opfers, einer seit sechs Monaten verschwundenen jungen Frau, zu exhumieren. Die Umstände, die zu seiner Verhaftung geführt haben, sind noch unklar, ebenso wie die Motive, die ihn an den Ort seines Verbrechens zurückgeführt haben. Die Untersuchung wird die nötige Klarheit bringen.

Die kühnsten Berichterstatter zögern nicht zu behaupten, dass Lapougère den Unfall, bei dem seine Lebensgefährtin und sein Baby ums Leben gekommen sind, bewusst verursacht hat, um als Opfer dazustehen. Ein wenig an den Haaren herbeigezogen, aber bei einer empörten, bis zur Weißglut gebrachten öffentlichen Meinung, kommt das gut an. Die Spezialisten haben den armen Lapougère bereits als ein teuflisches Wesen von außergewöhnlicher Perversität präsentiert, der seinen angelsächsischen Pendants in nichts nachsteht, Frankreich will es mit Amerika aufnehmen, selbst auf dem Gebiet des Verbrechens.

Wie alle anderen ist auch Valérie erschüttert: «Wenn ich nur daran denke, dass diese junge Frau eine von deinen Schülerinnen war!»

«Das macht mich auch ganz krank! Und ihre armen Eltern, die dachten, sie wäre mit einem exotischen Liebhaber ans andere Ende der Welt durchgebrannt! ...»

Lapougères Nachbarn und ehemalige Kollegen machen kein Hehl aus ihrer Verachtung. Sie erklären sich angewidert, aufgebracht. Der Generalsekretär der Umweltschutzbewegung veröffentlicht ein langes Kommuniqué, in dem er erklärt, dass niemand in seiner Gruppe jemals an die Anschuldigungen gegen Finecchi SA geglaubt hat. Einige von Journalisten befragte Aktivistinnen behaupten übrigens, dass Lapougère ihnen Avancen gemacht habe. Sie beglückwünschen sich dazu, noch am Leben zu sein.

Alles läuft wie geschmiert.

*

Nach drei Tagen Verhör hat Lapougère ein komplettes Geständnis abgelegt.

Alles läuft wie geschmiert.

Wie zu erwarten, hat er alles auf den Unfall geschoben, in den er im Übrigen jede Verwicklung leugnet. Vom Schmerz in den Wahnsinn getrieben, hat er die beiden jungen Frauen umgebracht, deren einziger Fehler es war, am Leben zu sein, während die Frau, die er liebte und ihr gemeinsames Baby verbrannt waren. Seine Strategie ist die einzig mögliche: ich an seiner Stelle hätte auch auf Wahnsinn plädiert.

Wie genau wird man den exakten Zeitpunkt von

Bérangères Tod bestimmen können? Das ist eine der Fragen, die mir noch Sorgen machen. Auf die Tatsache, dass das Monster sie nur hundert Meter vom Unfallort entfernt getötet und verscharrt hat, wird sich sicher eine überzeugende psychoanalytische Erklärung finden. Eine mögliche Rekonstruktion der Verbrechen lässt mir ebenfalls keine Ruhe. Läuft Lapougère nicht Gefahr, alles zu vermurksen? Obwohl es keiner besonders lebhaften Phantasie bedarf, um die Szene nachzuspielen und zu sagen: «Ich war wie im Trance, ich habe geschlagen, geschlagen, geschlagen...»

*

Mit Beginn der schönen Tage packt Valérie das Bedürfnis nach Aktivität, nach einem Tapetenwechsel; sie lechzt danach, neue Landschaften kennen zu lernen. Ihre Eltern wären bereit, sich um die Jungen zu kümmern, warum sollten wir beide nicht in die Sonne fahren, wie ein Liebespaar? Sie träumt von der Türkei, den Antillen oder Thailand.

Ich habe, milde ausgedrückt, einen anstrengenden Winter hinter mir. Jetzt, wo ich es mir endlich erlauben kann, Stress abzubauen, finde ich den Plan verlockend. Ich habe noch Resturlaub und Vertrauen in Jeff als Vertretung.

Schließlich entscheide ich mich für die Seychellen. Großes Luxushotel. Exotischer Holzbungalow, direkter Zugang zum Strand. Weißer Sand, Kokospalmen, kristallklares Meer wie in der Reisebroschüre. Ein kleines bisschen Verrücktheit, die mich gewissermaßen ein wenig über den Verlust des Cayenne hinwegtröstet.

Wir kehren braungebrannt, entspannt, verjüngt nach Bourg-en-Bresse zurück. Dieser idyllische Aufenthalt hat unsere Libido ordentlich aufgeputscht, und wir spielen mit dem Gedanken, den beiden älteren einen kleinen Bruder zu schenken …

Alles läuft wie geschmiert.

Der Telefonanruf der Gendarmerie erwischt mich kalt.

«Wir versuchen schon seit Tagen vergeblich, Sie zu erreichen», erklärt ein gewisser *Capitaine* Michalon.

«Bedaure. Ich war im Urlaub. Sehr weit weg.»

«Sie Glücklicher!», seufzt der Gendarm. «Nun gut. Wann können Sie vorbeikommen?»

«Aber …»

«Nichts Ernstes, keine Sorge. Es geht um Ihre Zeugenaussage zu dem Mord an der kleinen Élodie Fauger.»

«Ja, na und? …»

«Bevor sie der Staatsanwaltschaft übergeben wird, die sie anfordert, muss sie nach einem anderen Verfahren aufgezeichnet werden.»

«Wollen Sie damit sagen, dass wir noch mal von vorn anfangen müssen?»

«Keineswegs. Aber in Anbetracht der Entwicklung der Ermittlung müssen wir Ihnen noch ein oder zwei Fragen stellen. Reine Routine ...»

Jetzt ist es an mir zu seufzen. Kaum habe ich mich vom Jetlag erholt, schon werde ich überrumpelt.

«Es dauert nur eine viertel Stunde», versichert mir der *Capitaine* der Gendarmerie. «Heute Abend, achtzehn Uhr dreißig. Passt Ihnen das?»

Wie ablehnen?

Kugelrund und schnurrbärtig wirkt *Capitaine* Michalon wie ein im Dienstgrad aufgerückter Hilfspolizist. Er rollt mehr, als dass er geht und bittet mich in einen nackten Raum, in dem sich bereits ein Mann mit hartem Gesicht aufhält. *Lieutenant* Gerbier von der Kriminalpolizei, die in diesem grauenhaften Fall mit der Gendarmerie zusammenarbeitet. Gerbiers verhauene Visage steht in drolligem Kontrast zu der äußeren Erscheinung des Gendarmen, der wie ein Kuttelwurstliebhaber aussieht.

Michalon eröffnet den Tanz, ganz Lächeln.

«Monsieur Landry, sie haben erklärt, Ihr Büro nach achtzehn Uhr verlassen zu haben… Wann genau sind Sie bei Monsieur Lachaume angekommen?»

«Gegen neunzehn Uhr, glaube ich… Aber wie ich Ihrem Kollegen schon sagte, kann ich mich nicht auf dreißig Minuten genau festlegen…»

«Monsieur Lachaume behauptet, dass Sie nach zwanzig Uhr gekommen sind», wirft Gerbier ein.

Seine Stimme ist ebenso rau wie sein Äußeres.

«Monsieur Lachaume, verstehen Sie…»

«Ich höre.»

«Ich sage für gewöhnlich nichts Schlechtes über meine Kunden, *Lieutenant*, aber sagen wir, er ist ein wenig ... von der Rolle.»

«Was verstehen Sie darunter?»

«Nun, im Klartext, er ist verkalkt.»

Capitaine Michalon wirft einen Blick in seine Notizen:

«Monsieur Lachaume hat erklärt, dass er die Fernsehnachrichten auf TF1 gesehen hat, als Sie geklingelt haben. Er hasst es, vor dem Fernseher gestört zu werden. Er hat das Gerät ausgestellt, um Ihnen zu öffnen…»

«Es war also nach zwanzig Uhr», schloss Gerbier in drohendem Ton.

Lachaume, dieses alte Arschloch! Man nimmt

sich doch nie genug vor den Kunden in Acht, die einen Fernseher haben. Aber wenn der *Lieutenant* von der Kripo erwartet, dass ich die Aussagen des Alten bestreite, muss ich ihn enttäuschen. Ich kann parieren.

«Man braucht keine zwei Stunden, um von Ihrem Büro zu Monsieur Lachaumes Haus zu gelangen!», beharrt er.

«Ganz Ihrer Meinung. Dann bin ich eindeutig später losgefahren als ich dachte.»

«Das Problem ist, Monsieur Landry, dass zwei Ihrer Kollegen bestätigen, dass sie gesehen haben, wie Sie um achtzehn Uhr aufgebrochen sind...»

«Daher stellen wir ihnen die Frage: was haben Sie zwischen achtzehn und zwanzig Uhr gemacht?»

Die Inszenierung nimmt plötzlich eine unangenehme Dimension an: mir wird klar, dass das Duo Michalon-Gerbier bestens aufeinander eingespielt ist. Die Geschichte mit der Zeugenaussage, die neu aufgenommen werden muss, ist lediglich ein Vorwand. Sie haben etwas herausgefunden und wollen mich zum Reden bringen. Ich mucke erst einmal auf, das ist sicher die Reaktion, die sie erwarten.

«Einen Moment mal! Was wird hier gespielt?! Was wirft man mir vor? Sie haben doch Ihren Schuldigen, oder?»

«Immer mit der Ruhe, Monsieur Landry! Wir haben Ihnen eine einfache Frage gestellt: was haben Sie zwischen achtzehn und zwanzig Uhr gemacht.»

Ich seufze. Ausgiebig. Und ich spiele meinen Joker aus:

«Hören Sie… Wenn Sie mir versprechen, dass das, was ich Ihnen verrate, diesen Raum nicht verlässt…»

«Monsieur Landry! Wir sind nicht hier, um nach einem moralischen Gesichtspunkt über Sie zu richten, sondern um eine gewisse Anzahl Zeugenaussagen aufeinander abzustimmen. Darunter die Ihre.»

«Das ist ein Geständnis, das mich große Überwindung kostet… Wenn sich das in der Firma herumspräche… Wenn meine Frau davon erführe… Das wäre eine Katastrophe!»

«Gut. Worum geht es?»

«Ich trinke.»

«Sie trinken?…»

«Ich saufe, ich bechere, ich betrinke mich! Ich bin das, was man gemeinhin einen Wohlstandsalkoholiker nennt, verstehen Sie. In meiner Umgebung ahnt keiner etwas davon.»

Aus dem Augenwinkel stelle ich fest, dass meine Antwort sie aus dem Gleichgewicht bringt. Mein Unfall mit dem Cayenne bestätigt im Übrigen meine Aussage.

«Wenn ich Sie recht verstehe, haben Sie diese zwei Stunden mit Trinken verbracht?», fragt Gerbier in gönnerhaftem Ton.

«So ist es.»

«In welcher Kneipe?»

«Ich gehe nicht in eine Kneipe. Ich schäme mich zu sehr! ... Ich trinke in meinem Wagen.»

«Ganz allein?»

«Selbstverständlich ganz allein. Ich fahre auf gut Glück herum. Wenn ich eine ruhige Ecke finde, halte ich an und trinke.»

«Eine ruhige Ecke? Wie die, in der die kleine Élodie ermordet worden ist?», wirft der *Lieutenant* ein.

«Aber nein! Was versuchen Sie mir da zu unterstellen!»

«*Lieutenant*! Ich bitte Sie!», schreitet der *Capitaine* ein.

Der *Lieutenant* grummelt etwas und verlässt abrupt den Raum. Inszenierung. Ich bleibe auf der Hut.

«Sie müssen entschuldigen», sagt der Gendarm. «Er hat hart an diesem Fall gearbeitet, und seine Nerven liegen ziemlich blank ...»

«Verstehe.»

«Gut ... Wir haben also einen Punkt geklärt, der uns gestört hat ...»

«*Capitaine*? Wird meine Zeugenaussage beim Lapougères Prozess angeführt?»

«Wahrscheinlich nicht bis ins Detail…»

«Wenn diese Sache mit dem Alkoholismus sich rumspräche…»

«Monsieur Landry… gestatten Sie mir einen Rat: statt allein zu trinken, sollten Sie lieber einen Psy…»

«Oh, die Seelenklempner, Sie wissen schon …»

«Einen Arzt. Oder von mir aus die Anonymen Alkoholiker. Das ist nicht nutzlos, wissen Sie…»

«Danke für Ihre Fürsorge, *Capitaine*.»

«Ich habe Alkoholiker in meiner Umgebung gehabt», brummt der Gendarm. «Ich weiß, wie das ist.»

Seine Augen sind feucht, und seine Schnurrbartspitzen zittern. Er scheint mir aufrichtig. Oder aber er ist ein genialer Schauspieler. Ich frage, ob ich gehen kann. Er sagt:

«Eine letzte Kleinigkeit… Sie haben doch gesagt, Ihr Wagen sei ein Range Rover?»

«So ist es.»

«Ein Range Rover, den Sie vor ungefähr sechs Monaten gekauft haben, mit einem Kilometerstand von einunddreißigtausend?»

«Sie sind gut informiert.»

«Das ist unser Job… Ich habe eine Frage, Monsieur Landry: warum haben Sie vier neue Reifen für ein Fahrzeug gekauft, das noch keine fünfunddreißigtausend Kilometer drauf hatte?»

«Aber ich... Der Automechaniker hat mir ein interessantes Angebot gemacht...»

«Wir haben das überprüft, Monsieur Landry. Sie haben diese Reifen bar bezahlt. Zu einem hohen Preis.»

«Na und? Ist es ein Vergehen, sich vorausschauend zu zeigen?»

«Soweit ich feststellen konnte, haben Sie diese Reifen auf Ihren 4x4 aufgezogen, als Sie zu Hause angekommen sind. Das ist weit mehr als Voraussicht, scheint mir! Was haben Sie mit den alten Reifen gemacht?»

«Ich... Ich weiß nicht...»

«Sie wissen es nicht?»

«Ich meine: ich habe sie entsorgt.»

«Warum?»

«Weil sie abgenutzt waren, verdammt!»

Lauter als beabsichtigt. *Capitaine* Michalon lächelt hinter seinem Schnurrbart wie ein zufriedener Kater. Gabriel Landry in der Rolle der Maus. Dann kommt *Lieutenant* Gerbier wieder ins Zimmer. Er wirkt härter denn je.

«Ich möchte, dass Sie mir einen Satz nachsprechen, Monsieur Landry. Ich möchte, dass Sie sagen, und zwar so, als würden Sie sich an eine Person in einigen Metern Entfernung wenden: ‹Sie studieren doch Botanik, das müsste Sie interessieren!›»

Es gelingt mir, mein Zittern unter Kontrolle zu

bekommen, aber ich kann nicht verhindern, dass mir das Blut plötzlich aus dem Gesicht weicht.

Ihr Telefon ist mir zum Verhängnis geworden. Als ich aus dem Range Rover gestiegen bin, um so zu tun, als würde ich meines gebrauchen, hat das Mädchen die Gelegenheit genutzt, um eine Freundin anzurufen. Am Ende des Gesprächs hört man deutlich meine Stimme: «Kommen Sie!...» Das Mädchen lacht sich kaputt und sagt zu seiner Freundin: «Was will denn der alte Knacker?» «Sie studieren doch Botanik, das müsste Sie interessieren!» Die Spezialisten haben sich mit der Aufzeichnung beschäftigt. Keine Verbindung zu Lapougère, der damit von Anfang an entlastet war. Von da an bin ich der Tatverdächtige Nummer 1 geworden, ohne dass ich es gemerkt habe.

Der Reifenwechsel war letztendlich eine schöne Dummheit; aber wie hätte ich das ahnen können? Der Generalstaatsanwalt wird von Vorsatz sprechen, das sehe ich schon kommen. Ich habe den Mord an Bérangère entschieden geleugnet. Dann haben ihre Eltern die Flics von Stevens angeblichem Brief in Kenntnis gesetzt, und ich habe ziemlich alt ausgesehen...

Am Ende habe ich die ganze Geschichte zugegeben. Ich habe auf Panik, Kopflosigkeit, einen Anfall von Wahnsinn, einen Moment geistiger Verwirrung plädiert. Aber ich sehe wohl, dass man mich als Ungeheuer betrachtet, obwohl ich nur versucht habe zu schützen, was mir gehörte: meinen Namen, meine Familie, meine Ehre, das Vermögen, das ich erwerben konnte.

Ich rechne mit der Höchststrafe.

Hierzulande verzeiht man Leuten nicht, die es zu etwas gebracht haben.

Gabriel steht auf der Sonnenseite des Lebens. Er hat einen guten Job, eine charmante Frau, ein traumhaftes Haus, zwei bezaubernde Kinder und jetzt auch noch einen Porsche Cayenne. Aber dann passiert etwas. Und um seine «netten Rahmenbedingungen» aufrechtzuerhalten, wird der harmlose Biedermann gleichsam zwangsweise zu einem Serienkiller, der jeden beseitigt, der das gefährden könnte, was er sich so hart erarbeitet hat ...
Verfilmt von Laurent Bouhnik, mit Manuel Blanc, Jackie Berroyer, Philippe Duquesne u.a.

Colin Thibert
Nächste Ausfahrt Mord
ISBN 978-3-942136-00-6

Beim Essen hört der Spaß auf! Eine Ehefrau, die regelmäßig die Sellerie-Remoulade verpatzt, kann man ein paar Jahre ertragen, aber nicht ein Leben lang. Sie wird kurzerhand in einem Wutanfall beseitigt. Eine gute Köchin, die findet sich schnell. Tournedos Rossini, Tauben mit Foie gras, alles mit dem Wein des Hauses abgerundet, das sind fast paradiesische Zustände für einen Winzer, dem gutes Essen über alles geht ... Außer wenn zwei Monster aufeinander treffen.
Verfilmt von Emmanuelle Bercot, mit Niels Arestup, Julie-Marie Parmentier u.a.

Chantal Pelletier
Schießen Sie auf den Weinhändler
ISBN 978-3-942136-01-3

Weitere Infos und Gesamtverzeichnis: www.distelliteraturverlag.de

Wenn ein Sohn außer Kontrolle gerät und einer neurotisch-strengen Mutter und einem als Musikproduzent ruinierten Vater deren Trennung heimzahlt, was bleibt übrig, um ihn die Jugend einigermaßen heil überstehen zu lassen? Rock 'n' Roll. Und der Vater schöpft wieder Hoffnung, obwohl er weiß, dass diese Musik mit der Energie der Hoffnungslosigkeit gespielt wird. Er versucht, seinem Sohn, der eine vielversprechende Gruppe gegründet hat, zum Durchbruch zu verhelfen. Doch die Zeichen stehen schlecht und die Vergangenheit holt den Papa ein ... **Verfilmt von Patrick Grandperret, mit Antoine Chappey, Léo Grandperret u.a.**

José-Louis Bocquet
Papas Musik
ISBN 978-3-942136-02-0

Bei seiner ersten Ermittlung hat es sich Corbucci, Privatdetektiv mit Migrationshintergrund und der Philip Marlowe von Nizza, nicht leicht gemacht. Dieser Bewunderer von Don Quichotte legt sich einer hübschen Blondine zuliebe mit einem mächtigen mafiosen Netz von privaten Kliniken, korrupten Polizisten und Politikern an. Was ihm für sein Debüt als Privatdetektiv nicht wenige Feinde einbringt. Zum Glück gibt es einen alten Flic, der nicht korrupt ist, und der seiner Spur folgt. **Verfilmt von Brigitte Rouan, mit Ysaé, Gérard Meylan, Sarah Biasini u.a.**

Patrick Raynal
Landungsbrücke für Engel
(Schönheit muss sterben)
ISBN 978-3-942136-03-7

Weitere Infos und Gesamtverzeichnis: www.distelliteraturverlag.de

Sara, die Kunstmalerin werden will, kommt aus dem Kongo nach Paris Barbès. Ein Viertel voller Crack-Dealer und Junkies, wo sie als Prostituierte arbeitet, um das Geld für das Flugticket und die falschen Papiere zurückzahlen zu können. Als sie die Summe nach drei Monaten fast zusammen hat, wird ihr das Geld gestohlen und ihre Zimmergenossin dabei ermordet. Sara sucht Hilfe bei einem ehemaligen Streetworker. Aber von da an ist das ganze Viertel hinter ihr her... **Verfilmt von Dominique Cabrera, mit Aïsa Maïga, Samir Guesmi u.a**

Marc Villard
Die Stadt beißt
ISBN 978-3-942136-04-4

In ihrer engagierten Radiosendung lässt Crista Gefängnisinsassen zu Wort kommen, unter anderem auch einen gewissen Manu. Als dieser entlassen wird, will er sich persönlich bei Crista bedanken, die sich auf der Stelle in ihn verliebt. In der Hoffnung auf einen Job für ihn stellt sie Manu dem geheimnisvollen Leiter des Radios vor, und die beiden kommen tatsächlich ins Geschäft: Manu entwickelt für den Sender ein überaus leistungsfähiges Informatik-System. Was Crista nicht ahnt, ist, dass sie damit den Wolf in den Schafstall gelassen hat ... **Verfilmt von Orso Miret, mit Lubna Azabal u.a.**

Didier Daeninckx
Nur DJs gibt man den Gnadenschuss
ISBN 978-3-942136-05-1

Weitere Infos und Gesamtverzeichnis: www.distelliteraturverlag.de

Annabelle hat im Allgemeinen kein Glück. Sie lässt sich auf jedes krumme Geschäft ein, um sich in Thailand eine Geschlechtsumwandlung leisten zu können, die aus dem «Er» eine richtige «Sie» machen soll. Doch ihr letztes Ding geht gründlich schief. Sich-Mühe-geben, gepaart mit Naivität, genügt nicht, um ihr Ziel zu erreichen. Vor allem wenn man es mit den ganzen Gaunern der Porte de Montreuil zu tun hat. Also bleibt ihr nichts anderes übrig, als sich wie ein «richtiger Kerl» zu verhalten...
Verfilmt von Guillaume Nicloux, mit Clément Hervieu-Léger u.a.

Laurent Martin
Die Königin der Pfeifen
ISBN 978-3-942136-06-9

Der Zeichner Ambroise Fridelance ist schüchtern und kleinmütig. Er lebt so dahin zwischen einer querschnittsgelähmten Frau, die ihm das Leben schwer macht, und einem gewissenlosen Verleger, der ihn für seine Buchillustrationen mehr als knauserig bezahlt. Ambroise hofft aus diesem Desaster herauszukommen, indem er einen alten Hocker aus Familienbesitz verkauft, bei dem es sich um ein kostbares afrikanisches Objekt handelt. Ambroise träumt von Reichtum, Glück und Rache ... Als er merkt, dass er bei dem Geschäft hintergangen wird, offenbart Ambroise ungeahnte Reserven von Wut und Aggressionen...
Verfilmt von Claire Devers, mit Clotilde Hesme, Laurent Stocker u.a.

Romain Slocombe
Das Tamtam der Angst
ISBN 978-3-942136-07-5

Weitere Infos und Gesamtverzeichnis: www.distelliteraturverlag.de

Sein Job als Leibwächter einer amerikanischen Filmdiva war nicht aufregend – aber einträglich. Und Nestor Burma hat sich dadurch in Filmkreisen einen gewissen Namen gemacht. Der nächste Auftrag läßt nicht lange auf sich warten. Er wird von einem potenten Filmproduzenten beauftragt, auf dessen Hauptdarsteller in seinem nächsten Film «aufzupassen». Dabei gerät Burma in Auseinandersetzungen zwischen Filmproduzenten, in Rivalitäten zwischen Stars und Sternchen, und er stolpert über jede Menge Rauschgift und Leichen ...

Léo Malet
Corrida auf den Champs-Élysées
ISBN 978-3-923208-85-2

Eine junge Schauspielschülerin, die davon überzeugt ist, daß ihr Geliebter, ein romantischer Medizinstudent, ermordet worden ist, bittet Nestor Burma um Hilfe. Obwohl alles für Selbstmord spricht, übernimmt Burma aus Symphathie für seine Auftraggeberin den Fall und taucht in die Szene vom Quartier latin ein. Er trifft auf ausgeflippte Studentinnen und Studenten sowie auf einen seltsamen Bohemien. Burma muß sich sogar mit einer Leiche prügeln, um schließlich eine makabre Machenschaft aufzudecken.

Léo Malet
Makabre Machenschaften
am Boul' Mich'
ISBN 978-3-923208-86-9

Weitere Infos und Gesamtverzeichnis: www.distelliteraturverlag.de

Luce, exzentrische Malerin, hat einen illustren Kreis in ihrem halbverfallenen Weiler im Süden Frankreichs um sich geschart. Dazu gesellen sich drei Gangster, die einen Geldtransporter überfallen und den Weiler für das ideale Versteck für sich und ihre Beute halten. Als dann eher zufällig zwei Dorf-Gendarmen auftauchen, kommt es zu einem irrwitzigen Show-down ...

Dieser Roman begründete den «Neo-Polar», der die französische Kriminalliteratur revolutionierte.

Jean-Patrick Manchette
Jean-Pierre Bastid
Laßt die Kadaver bäunen
ISBN 978-3-923208-83-8

«Fatale» rast wie ein führungsloser Nachtexpreß durch die Phantasie des Lesers. Auf gerade 148 Seiten entrollt der bitterböse Roman die Geschichte eines Amoklaufs ... Manchette schreibt voller Outcast-Spott und beißender Sozialkritik. Die Romane mancher Kollegen wirken dagegen wie Bettlektüre für Asthmatiker. ***stern***

Jean-Patrick Manchette
Fatale
ISBN 978-3-923208-81-4

Weitere Infos und Gesamtverzeichnis: www.distelliteraturverlag.de

Jean-Patrick Manchette
Chroniques
Essays zum Roman noir
DistelLiteraturVerlag

In der «Série noire» sind bisher erschienen (Auszug):

Tonino Benacquista
Drei rote Vierecke auf schwarzem Grund
ISBN 978-3-923208-69-2
Didier Daeninckx
Bei Erinnerung Mord
ISBN 978-3-923208-56-2
Laurence Démonio
Eine Art Engel
ISBN 978-3-923208-40-1
Pascal Dessaint
Schlangenbrut
ISBN 978-3-923208-77-7
Rolo Diez
Der Tequila-Effekt
ISBN 978-3-923208-70-8
Hurensöhne
ISBN 978-3-923208-76-0
Wüstenstaub
ISBN 978-3-923208-80-7
Pascale Fonteneau
Die verlorenen Söhne der Sylvie Derijke
ISBN 978-3-923208-52-4
Sylvie Granotier
Dodo
ISBN 978-3-923208-54-8
Thierry Jonquet
Die Goldgräber
ISBN 978-3-932208-51-5
Léo Malet
Makabre Machenschaften am Boul' Mich'
ISBN 978-3-923208-86-9
Corrida auf den Champs-Élysées
ISBN 978-3-923208-85-2
Jean-Patrick Manchette
Volles Leichenhaus
ISBN 978-3-923208-84-7
Knüppeldick
ISBN 978-3-923208-44-9
Fatale
ISBN 978-3-923208-81-4
Blutprinzessin
ISBN 978-3-923208-49-4
Nada
ISBN 978-3-923208-55-5
Westküstenblues
ISBN 978-3-923208-62-3
Tödliche Luftschlösser
ISBN 978-3-923208-63-0
Die Affäre N'Gustro
ISBN 978-3-923208-64-7
Position: Anschlag liegend
ISBN 978-3-923208-65-4
Jean-Patrick Manchette / Jean-Pierre Bastid
Laßt die Kadaver bräunen!
ISBN 978-3-923208-83-9
Chantal Pelletier
Eros und Thalasso
ISBN 978-3-923208-46-3
Der Bocksgesang
ISBN 978-3-923208-53-1
More is less
ISBN 978-3-923208-66-1
Jean-Bernard Pouy
Larchmütz 5632
ISBN 978-3-923208-45-6
Die Schöne von Fontenay
ISBN 978-3-923208-48-7
Engelfänger
ISBN 978-3-923208-57-9
Papas Kino
ISBN 978-3-923208-59-3
H4Blues
ISBN 978-3-923208-73-9
Serge Quadruppani
Das Weihnachtsessen
ISBN 978-3-923208-79-1
Patrick Raynal
In der Hitze von Nizza
ISBN 978-3-923208-67-8
Marcela Serrano
Unsere Señora der Einsamkeit
ISBN 978-3-923208-61-6
Jordi Sierra i Fabra
Tod in Havanna
ISBN 978-3-923208-42-5
Cathi Unsworth
Die Ahnungslose
ISBN 978-3-923208-82-0